僕《ぼく》たちのブルーラリー

衛《え》藤《とう》 圭《けい》 作《さく》

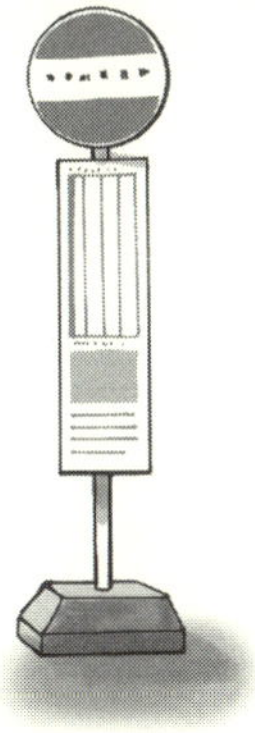

片《かた》桐《ぎり》 満《ま》夕《ゆ》 絵《え》

朝日学生新聞社

僕《ぼく》たちのブルーラリー

もくじ

1 旅《たび》の始《はじ》まり 6
2 リツキの「能力《のうりょく》」 32
3 二日目《め》 59
4 青《あお》が見《み》える 82

5 三日目《め》 102
6 グッドラック 118
7 虫《むし》とり 133
8 お別《わか》れ会《かい》 152
9 四日目《め》 161

1 旅《たび》の始《はじ》まり

旅《たび》の一日目《め》は、雲《くも》一つない快晴《かいせい》だった。

待合室《まちあいしつ》の窓《まど》から見《み》える空《そら》は「ディープスカイブルー」なんて聞《き》いたこともない言葉《ことば》が自然《しぜん》と浮《う》かんでくるほど夏独特《なつどくとく》の青《あお》が濃《こ》くて、ずっと見《み》ているとすいこまれそうな気分《きぶん》になる。だけど今《いま》の僕《ぼく》にとっては、そんなさわやかな空《そら》の色《いろ》がむしろ恨《うら》めしいくらいだった。

ようしゃなく照《て》りつける八月ど真《ま》ん中《なか》の太陽《たいよう》の光《ひかり》。むわっとした熱気《ねっき》を立《た》ち上《のぼ》らせるコンクリート。ジンジンと……いやミンミンと四方八方《しほうはっぽう》から耳《みみ》に響《ひび》くセミの鳴《な》き声《ごえ》。停留所《ていりゅうじょ》でバスを待《ま》つ僕《ぼく》たちを待《ま》ち受《う》けている現象《げんしょう》の全《すべ》てが、今《いま》の僕《ぼく》には「帰《かえ》っちゃえよ」と誘《さそ》いかけているように思《おも》えた。

ここは昔《むかし》「豊原半島鉄道《とよはらはんとうてつどう》」という名前《なまえ》の私鉄電車《してつでんしゃ》で「三方丘《みかたがおか》」という駅《えき》として使《つか》われて

いた建物《たてもの》だった。

停留所《ていりゅうじょ》と呼《よ》ぶにはやけに広《ひろ》い建物《たてもの》の中《なか》には「支所《ししょ》」というらしいバス会社《がいしゃ》の小《ちい》さな営業《えいぎょう》所《しょ》と、四人《にん》がけのベンチが三列並《れつなら》んだ待合室《まちあいしつ》がある。待合室《まちあいしつ》の奥《おく》にはガラス張《ば》りの扉《とびら》があるけれど、この扉《とびら》は五年前《まえ》に鉄道《てつどう》が廃止《はいし》になってからはほとんど閉《し》まったままになっている。ガラスの向《む》こうに見《み》えるホームではコンクリートのすき間《ま》から生《は》えた雑草《ざっそう》が伸《の》び放題《ほうだい》になっていて、夏《なつ》の光《ひかり》を浴《あ》びて堂々《どうどう》と緑色《みどりいろ》に照《て》り輝《かがや》いていた。なのにこの停留所《ていりゅうじょ》の名前《なまえ》はなぜか「三方丘駅前《みかたがおかえきまえ》」という。

僕《ぼく》はふと考《かんが》えた。もしも自分《じぶん》が一人だったら、迷《まよ》うことなく引《ひ》き返《かえ》していただろうか？

……いいや、そもそも一人なら、よく晴《は》れた夏《なつ》の午後《ごご》をここまで憂《ゆう》うつに感《かん》じることなんて絶対《ぜったい》になかっただろう。つまり、今《いま》の僕《ぼく》の心《こころ》を足止《あしど》めさせている原因《げんいん》は空《そら》の青《あお》さでも夏《なつ》の暑《あつ》さでもなく、ここに一緒《いっしょ》にいるメンバーにあるのだった。

そのメンバーは全部《ぜんぶ》で三人《にん》。僕《ぼく》と弟《おとうと》のミキノリ、そして初《はじ》めて会《あ》ってからまだ一時間《じかん》も経《た》っていない女《おんな》の子《こ》だった。

女《おんな》の子《こ》の名前《なまえ》は麻岡律姫《あさおかりつき》という。あの子《こ》が僕《ぼく》たち兄弟《きょうだい》を名前《なまえ》で呼《よ》ぶかわりに、僕《ぼく》たちもあの子《こ》を最初《さいしょ》から「リツキ」と下《した》の名前《なまえ》で呼《よ》ぶことになっていた。もっとも、僕《ぼく》はまだ面《めん》と向《む》かってその名前《なまえ》を呼《よ》んだことはないけれど。

リツキは北海道《ほっかいどう》に住《す》んでいるお父《とう》さんのお姉《ねえ》さん……つまり僕《ぼく》の伯母《おば》さんが先生《せんせい》をしているピアノ教室《きょうしつ》の生徒《せいと》だそうだ。今日《きょう》の午前中《ごぜんちゅう》、飛行機《ひこうき》に乗《の》って僕《ぼく》たちの住《す》む愛知県豊原市《あいちけんとよはらし》へとやってきた。

僕《ぼく》は待合室《まちあいしつ》のベンチにぽつんと座《すわ》り、だいたい一分《ぷん》おきくらいで駅舎《えきしゃ》の入《い》り口《ぐち》の方《ほう》をちらっと見《み》るのをくり返《かえ》していた。入《い》り口《ぐち》ではギリギリ日陰《ひかげ》になっている位置《いち》でリツキがじっとバスを待《ま》ち、その前《まえ》をミキノリがわざと変《へん》な顔《かお》をしながらちょこまかと行《い》ったり来《き》たりしている。ミキノリは家《いえ》にいる時《とき》からずっとあんな調子《ちょうし》で、何《なに》かとリツキにかまってもらいたがっていた。ミキノリは僕《ぼく》とはちがって、これから四日間《かん》、リツキと一緒《いっしょ》に旅《たび》をすることに舞《ま》い上《あ》がっているようだ。

今《いま》のリツキは家《いえ》ではまっすぐ下《お》ろしていた長《なが》い髪《かみ》をポニーテールに結《むす》び、よそ行《い》きのしゃれた感《かん》じのポロシャツにスカートといういでたちだった。遠《とお》くからながめた全体的《ぜんたいてき》な印象《いんしょう》はクラスの女子《じょし》ともほとんど変《か》わらない、ごく普通《ふつう》の女《おんな》の子《こ》にしか見《み》えない。だから僕《ぼく》はなおのこと、電話《でんわ》で伯母《おば》さんから聞《き》いたリツキの「能力《のうりょく》」のことがまだ信《しん》じられなかった。

バスは時刻表《じこくひょう》に書《か》いてある時間《じかん》から五分《ふん》くらい遅《おく》れて到着《とうちゃく》した。電車《でんしゃ》とちがってバスは道《どう》路《ろ》の混《こ》みぐあいによってかかる時間《じかん》がちがうから、これくらいの遅《おく》れは全然珍《ぜんぜんめずら》しいことじゃない。

ここが駅《えき》だった時代《じだい》の名残《なごり》である小《ちい》さなロータリーに入《はい》ってきたバスは、淡《あわ》いグレーの車《しゃ》体《たい》に青《あお》いラインが二本入《ほんはい》った、何《なん》となく古《ふる》めかしいデザインをしている。

長《なが》いポニーテールがふわりと跳《は》ねて、リッキがこっちにふり返《かえ》った。地味《じみ》な銀《ぎん》ぶちのメガネの奥《おく》で、大《おお》きな丸《まる》い瞳《ひとみ》が僕《ぼく》をとらえる。僕《ぼく》はとっさに下《した》を向《む》いて、彼女《かのじょ》から目《め》をそらした。

「兄《にい》ちゃん！　バスきた！」

ミキノリが叫《さけ》びながら待合室《まちあいしつ》に駆《か》けこんできた。僕《ぼく》は「知《し》ってるよ」と言《い》うかわりにぶっきらぼうに立《た》ち上《あ》がり、すたすた歩《ある》き出《だ》す。

入《い》り口《ぐち》に近《ちか》づくにつれて、リッキとの距離《きょり》も短《みじか》くなる。こっちを見《み》てるのがわかったけれど、僕《ぼく》は決《けっ》してリッキと目《め》を合《あ》わせようとしなかった。そのままリッキの横《よこ》を通《とお》り過《す》ぎ、ちょうど開《ひら》いたバスの前方《ぜんぽう》のドアへ直行《ちょっこう》する。

僕《ぼく》はステップを踏《ふ》みつつ、さっき支所《ししょ》の窓口《まどぐち》で買《か》ったパスカードをポケットから取《と》り出《だ》した。カードにはこれと同《おな》じ色《いろ》をしたバスの写真《しゃしん》が印刷《いんさつ》されていて、下《した》の方《ほう》に「豊原交通《とよはらこうつう》ブルーライン・1週間《しゅうかん》フリー乗車券《じょうしゃけん》」と書《か》かれてある。

それを機械《きかい》に通《とお》すと、運転手《うんてんしゅ》さんが「おっ」とでも言《い》い出《だ》しそうな顔《かお》で僕《ぼく》を見《み》る。何《なん》となく恥《は》ずかしくなった僕《ぼく》は小《ちい》さくおじぎをして、機械《きかい》から出《で》てきたカードを取《と》るとすぐに歩《ある》き出《だ》した。出《で》てきたカードの裏面《うらめん》には「２０１２・８・１２」と、今年《ことし》の西暦《せいれき》と今日《きょう》の日付《ひづけ》が印字《いんじ》されている。

それから数秒《すうびょう》の間《ま》があって、リツキとミキノリもバスに乗《の》りこんできた。

「よろしくお願《ねが》いします」

「おねがいしまーっす！」

落《お》ち着《つ》いた礼儀正《れいぎただ》しい声《こえ》でリツキが、次《つぎ》にハキハキと元気《げんき》の良《よ》い声《こえ》でミキノリが運転手《うんてんしゅ》さんにあいさつをして、首《くび》にぶら下《さ》げたパスケースから出《だ》したカードを順番《じゅんばん》に機械《きかい》に通《とお》していく。

「お嬢《じょう》ちゃんたち、もしかしてブルーラリーのお客《きゃく》さん？」

運転手《うんてんしゅ》さんの質問《しつもん》に、二人は「はいっ！」と声《こえ》を合《あ》わせてうなずいた。

「そっかあ、がんばりなよ」

「はい！　ありがとうございます」

リツキの澄《す》んだ返事《へんじ》が車内《しゃない》に響《ひび》いた。その明《あか》るい声《こえ》には旅《たび》を目前《もくぜん》にして浮《う》き立《た》つ気持《きも》ちがはっきりと表《あらわ》れていて、どことなくコワモテ風《ふう》の顔《かお》つきをした運転手《うんてんしゅ》さんも思《おも》わず満面《まんめん》の笑《え》みを浮《う》かべていた。

対《たい》して僕《ぼく》は、そんなリツキの様子《ようす》を見《み》て小《ちい》さくため息《いき》をついた。どうして彼女《かのじょ》がこの旅《たび》をそんなに楽《たの》しみにしているのか、全然理解《ぜんぜんりかい》できなかったからだ。

ミキノリとリツキはそれから、二人がけの座席《ざせき》に座《すわ》っていた僕《ぼく》の所《ところ》へやってきた。僕《ぼく》の隣《となり》にミキノリが座《すわ》り、リツキは僕《ぼく》たちの後《うし》ろの席《せき》に座《すわ》る。

僕《ぼく》たちのほかに乗《の》ってくるお客《きゃく》さんはなく、すぐにバスは「シュウゥーッ……」と深呼《しんこ》吸《きゅう》するような音《おと》を立《た》ててドアを閉《と》じた。床《ゆか》の下《した》から響《ひび》いてくるエンジンの音《おと》が強《つよ》くなると、バスの車体《しゃたい》が大《おお》きくゆれ、フロントガラスに映《うつ》る景色《けしき》がゆっくりと動《うご》き始《はじ》めた。

いよいよ僕《ぼく》たちの旅《たび》が始《はじ》まった。始《はじ》まってしまった。

これからの四日間《かん》、僕《ぼく》たちは何度《なんど》もこのバスに乗《の》らなければいけない。そして「カードにスタンプを押《お》してもらう」という目的《もくてき》のためだけに、この路線《ろせん》の途中《とちゅう》にある色《いろ》んな場所《ばしょ》に行《い》って課題《かだい》をクリアしないといけないのだ。

一体何《いったいなん》のために？　理由《りゆう》はただ一つ。リツキがこのスタンプラリーをやるために、北海道《ほっかいどう》からわざわざこの豊原《とよはら》へとやってきたからだ。そして僕《ぼく》たちはリツキが伯母《おば》さんのピアノの教《おし》え子《ご》であるという理由《りゆう》だけで、ほとんど強制的《きょうせいてき》にこの旅《たび》に付《つ》きそうことに決《き》められてしまったのだ。そのことを思《おも》い出《だ》すと、後《うし》ろの席《せき》で勝手《かって》に心《こころ》を弾《はず》ませているリツキのことが恨《うら》めしく思《おも》えてしまう。

「どうして、こんな時《とき》に……」

見《み》なれた街《まち》の景色《けしき》をぼんやりと見《み》つめながら、僕《ぼく》は小《ちい》さな声《こえ》でつぶやいた。イラ立《だ》ちをまぎらわせるために軽《かる》く頭《あたま》をかくと、午前中《ごぜんちゅう》にプールに入《はい》っていた髪《かみ》からふっと塩素《えんそ》のにおいがした。

僕《ぼく》たちが乗《の》っているバス路線《ろせん》は二十七系統《けいとう》という正確《せいかく》な名前《なまえ》がある。だけどこの路線《ろせん》はほかとちがい、利用者《りようしゃ》もバス会社《がいしゃ》の方《ほう》でも「ブルーライン」と呼《よ》ぶのが常識《じょうしき》になっていた。それはきっとこの路線《ろせん》が、廃線《はいせん》になった半島鉄道《はんとうてつどう》と深《ふか》い関係《かんけい》があるからだろう。半島鉄道《はんとうてつどう》は僕《ぼく》が七歳《さい》の時《とき》になくなってしまったのであまり詳《くわ》しくないけれど、お父《とう》さんから聞《き》いた話《はなし》ではブルーラインという名前《なまえ》はもともと半島鉄道《はんとうてつどう》のニックネームだったらしい。

その由来《ゆらい》は二つ。まずはこの電車《でんしゃ》が豊原半島《とよはらはんとう》の中《なか》ほどにある海浜公園《かいひんこうえん》と市街地《しがいち》とを結《むす》ぶために作《つく》られたものだったから、それとグレーの車体《しゃたい》に二本《ほん》の青《あお》いラインが入《はい》っていたからだった。

そして現在運行中《げんざいうんこうちゅう》のバスのブルーラインは、電車《でんしゃ》に代《か》わって沿線《えんせん》に住《す》んでいる人《ひと》たちを市《し》街地《がいち》に運《はこ》ぶために作《つく》られた路線《ろせん》だった。そんな理由《りゆう》で、この路線《ろせん》のバスだけは半島鉄道《はんとうてつどう》の車《しゃ》体《たい》に近《ちか》いデザインになっている。

僕《ぼく》たちが買《か》った「ブルーライン・1週間《しゅうかん》フリー乗車券《じょうしゃけん》」は、その名前《なまえ》の通《とお》り一週間《しゅうかん》この路線《ろせん》を自由《じゆう》に乗《の》り降《お》りできるチケットだ。値段《ねだん》は大人《おとな》なら千円《えん》だけれど、僕《ぼく》たちは小学生《しょうがくせい》だから六百円《えん》の子《こ》ども料金《りょうきん》で買《か》うことができた。春《はる》と夏《なつ》の年《ねん》に二回発売《かいはつばい》されているけれど、使《つか》えるのがこの路線《ろせん》だけとあって売《う》れているのかどうかは定《さだ》かではない。

そしてこの「豊原半島《とよはらはんとう》ブルーラリー」は、その発売期間中《はつばいきかんちゅう》に行《おこな》われているスタンプラリーだった。

それは主《おも》に子《こ》どもを対象《たいしょう》にしたもので、フリー乗車券《じょうしゃけん》を買《か》う時《とき》に参加《さんか》することを伝《つた》えると、一緒《いっしょ》にポケットサイズのルールブック、それにビニール製《せい》のパスケースがもらえる。

パスケースの中《なか》には一枚《まい》のカードが入《はい》っていて、その裏側《うらがわ》には正方形《せいほうけい》の九個《こ》のスペースがある。

ルールブックに載《の》っている九つのお店《みせ》や施設《しせつ》をめぐり、それぞれの場所《ばしょ》で出《だ》された課題《かだい》をこなしてスタンプを押《お》してもらう。そうして全《すべ》てのスペースをスタンプで埋《う》めるというのが、ブルーラリーのルールだった。

これは僕《ぼく》たち小学生《しょうがくせい》に向《む》けたちょっとした郷土学習《きょうどがくしゅう》みたいな内容《ないよう》も含《ふく》んでいるらしく、春休《はるやす》みと夏休《なつやす》み前《まえ》の終業式《しゅうぎょうしき》には色々《いろいろ》なプリントと一緒《いっしょ》にブルーラリーのチラシも配《くば》られている。

それなのに、実際《じっさい》にこれをやったという友《とも》だちは僕《ぼく》の周《まわ》りには一人もいない。

だけどそれは、僕《ぼく》たちにとっては当然《とうぜん》ともいえる話《はなし》だった。ブルーラインのルートにあるものはほとんど田《た》んぼか住宅地《じゅうたくち》で、行《い》ったところで面白《おもしろ》そうなポイントなんて何一《なにひと》つあるように思《おも》えなかったからだ。そんな場所《ばしょ》の中《なか》から九か所《しょ》もポイントをめぐらないといけないなんて、絶対後悔《ぜったいこうかい》するに決《き》まっている。

まさか自分《じぶん》がこれをやる日《ひ》がくるとは、一週間前《しゅうかんまえ》に伯母《おば》さんから電話《でんわ》があるまで思《おも》いもよらなかった。厳《きび》しい伯母《おば》さんからの指令《しれい》だったからしぶしぶ承知《しょうち》したけれど、せめてもっと別《べつ》の期間《きかん》に、それに連絡《れんらく》はもう少《すこ》し早《はや》くにしてほしかった。

ポイントで与《あた》えられる課題《かだい》は簡単《かんたん》なものもあれば、クリアするまでに時間《じかん》がかかってしまうものまで様々《さまざま》あるようだ。それにバスの運行回数《うんこうかいすう》もあるから一日で全部《ぜんぶ》のポイントをまわ

27 豊原駅
豊原
豊原半島
ブルーラリー
開催中

小人
¥600
豊原半島
ブルーラリー
ルールブック

るのは絶対《ぜったい》に不可能《ふかのう》で、乗車券《じょうしゃけん》の使《つか》える一週間《しゅうかん》の間《あいだ》にじっくりと攻略《こうりゃく》していくのが普通《ふつう》のやり方《かた》だという。

だけど僕《ぼく》たちの場合《ばあい》は、今日《きょう》も入《い》れて四日の間《あいだ》にそれを達成《たっせい》することになっていた。リツキが大学病院《だいがくびょういん》で定期検査《ていきけんさ》を受《う》けるため、四日後《ご》の夜《よる》に北海道《ほっかいどう》に帰《かえ》らないといけないからだ。

市街地《しがいち》に向《む》かうバスの中《なか》で、僕《ぼく》はほとんど何《なに》も言《い》わなかった。時々《ときどき》ミキノリが大《おお》きな鉄塔《てっとう》を指《ゆび》さして「アレすごくない？」とかどうでもいいことを聞《き》いてきたり、昨日図鑑《きのうずかん》で読《よ》んでいた昆虫《こんちゅう》の生態《せいたい》を力説《りきせつ》したりしてきたけれど、僕《ぼく》はそれに対《たい》して「うん」とか「へー」とか適当《てきとう》に返事《へんじ》をするだけだった。

さっきはあんなに存在《そんざい》をアピールしていたミキノリだったけれど、さすがに隣《となり》の席《せき》に座《すわ》るのは恥《は》ずかしかったのか、ミキノリが後《うし》ろに移動《いどう》してリツキに話《はな》しかけることはなかった。だからリツキはこの移動中《いどうちゅう》、ずっと一人きりだった。

このまま僕《ぼく》たちは一言《ひとこと》も言葉《ことば》をかわすことなく、微妙《びみょう》な空気《くうき》を含《ふく》んだままバスは終点《しゅうてん》……つまりこの旅《たび》の始《はじ》まりである豊原駅前《とよはらえきまえ》に到着《とうちゃく》した。

豊原《とよはら》は三河地方《みかわちほう》とも呼《よ》ばれる愛知県東部《あいちけんとうぶ》の中心的《ちゅうしんてき》な街《まち》だ。そのせいか駅《えき》の周《まわ》りには大《おお》きなビルやデパートがいっぱいあって、いつでもたくさんの人《ひと》でにぎわっている。県庁所在地《けんちょうしょざいち》である名古屋《なごや》や隣《となり》の県《けん》の浜松《はままつ》に行《い》く機会《きかい》もあまりない僕《ぼく》にとって、この豊原駅前《とよはらえきまえ》はまっ先《さき》に思《おも》い浮《う》かぶ都会《とかい》だった。

新幹線《しんかんせん》も停《と》まる駅舎《えきしゃ》はかなり大《おお》きく、デパートとホテルが入《はい》った十二階建《かいだ》ての駅《えき》ビルと一体《いったい》になっている。駅《えき》ビルの二階《かい》にある駅《えき》の出口《でぐち》からはペデストリアンデッキという大《おお》きな遊歩道《ゆうほどう》が広《ひろ》がっていて、その下《した》は市内中《しないじゅう》のバスが集《あつ》まってくるバスセンターになっている。ブルーラリーの最初《さいしょ》のポイントであるバスの案内所《あんないじょ》はこの中《なか》にあるらしい。

たくさんの乗《の》り場《ば》や降《お》り場《ば》がひしめいて迷路《めいろ》みたいになっているバスセンターの中《なか》を何度《なんど》も行《い》ったり来《き》たりして、僕《ぼく》たちはやっと駅《えき》の隣《となり》のビルの一階《かい》に小《ちい》さい窓口《まどぐち》を見《み》つけた。

さっそくそこに向《む》かうと、窓口《まどぐち》に座《すわ》っていたお姉《ねえ》さんがニッコリと笑《わら》いかけてきた。そして机《つくえ》の上《うえ》のマイクを通《とお》して「ブルーラリーですか？」と柔《やわ》らかな声《こえ》で聞《き》いてきた。

「はいっ！」

「はい……」

相変《あいか》わらず元気《げんき》な二人の返事《へんじ》に、消極的《しょうきょくてき》な僕《ぼく》の声《こえ》がすっかりかき消《け》されてしまう。

「ありがとう。じゃあさっそく、このポイントの課題《かだい》を出《だ》しますね。この豊原駅《とよはらえき》にある全《すべ》ての線路《せんろ》のレールの数《かず》を数《かぞ》えてきてください。わかったらまたここに来《き》て、私《わたし》に答《こた》えを教《おし》えてくださいね。それでは、行《い》ってらっしゃい！」

「行《い》ってきまーす！」

お姉《ねえ》さんの話《はなし》が終《お》わったとたん、ミキノリが大《おお》きな声《こえ》をあげて走《はし》り出《だ》した。

リツキはお姉《ねえ》さんにぺこりと頭《あたま》を下《さ》げると、くるりと向《む》きを変《か》えて歩《ある》き出《だ》す……かと思《おも》っていたら、急《きゅう》に僕《ぼく》の方《ほう》を向《む》いた。すっかりふいをつかれた僕《ぼく》は、反射的《はんしゃてき》にリツキと目《め》を合《あ》わせてしまう。

メガネの奥《おく》の彼女《かのじょ》の目《め》は確《たし》かに丸《まる》くてぱっちりしている。しかし近《ちか》くでしっかりと見《み》てみると、さっきまでの印象《いんしょう》ほど大《おお》きくはなかった。どうやら僕《ぼく》の錯覚《さっかく》だったようだ。

それでも僕《ぼく》は、リツキと目《め》が合《あ》った瞬間《しゅんかん》から身動《みうご》きが取《と》れなくなってしまっていた。

その原因《げんいん》は間違《まちが》いなく、伯母《おば》さんから聞《き》いたリツキの「能力《のうりょく》」のせいだった。

今《いま》の僕《ぼく》の心《こころ》の状態《じょうたい》を説明《せつめい》するにはまず、蝶《ちょう》とか蛾《が》の背中《せなか》に付《つ》いている目玉模様《めだまもよう》をイメージしてもらいたい。あれは鳥《とり》を威嚇《いかく》するためのもので、実際《じっさい》よりも大《おお》きく見《み》える形《かたち》になっていることで強《つよ》い恐怖心《きょうふしん》を与《あた》えることができるのだという。

つまり……今《いま》まで僕《ぼく》はリツキの瞳《ひとみ》を見《み》ることをためらい、自然《しぜん》と避《さ》けるようになっていた。そんな心《こころ》が知《し》らず知《し》らずのうちに、僕《ぼく》に錯覚《さっかく》を見《み》せていたのかもしれない。

「行《い》こう、ハルト君《くん》」

小《ちい》さな声《こえ》でリツキが話《はな》しかけてきた。運転手《うんてんしゅ》さんや受付《うけつけ》のお姉《ねえ》さんと話《はな》す時《とき》とは別人《べつじん》のような、自信《じしん》のない弱々《よわよわ》しい声《こえ》だ。それを聞《き》いた僕《ぼく》は、僕《ぼく》とリツキとの間《あいだ》に初対面《しょたいめん》である以《い》上《じょう》の距離《きょり》があるんだと確信《かくしん》してしまう。

「……うん」

僕《ぼく》はリツキよりももっと小《ちい》さな声《こえ》で返事《へんじ》をすると、うつむきがちに歩《ある》き始《はじ》めた。

この地域《ちいき》では最大《さいだい》のターミナル駅《えき》というだけあって、豊原駅《とよはらえき》のホームの数《かず》はとても多《おお》い。

ＪＲ《ジェーアール》では東海道本線《とうかいどうほんせん》のホームが二つと、北部《ほくぶ》の山《やま》の中《なか》を通《とお》って長野県《ながのけん》へと抜《ぬ》ける三信線《さんしんせん》というローカル線《せん》のホームが一つ。私鉄《してつ》でも名古屋《なごや》から岐阜《ぎふ》へと向《む》かう名古屋鉄道名古屋線《なごやてつどうなごやせん》のホームが二つある。

「東海道本線《とうかいどうほんせん》のホームにはレールは二本《ほん》ずつ。この駅《えき》が始発《しはつ》の三信鉄道《さんしんてつどう》と名鉄《めいてつ》のレールはそれぞれ一本《ぽん》だから、新幹線《しんかんせん》の二本《ほん》も入《い》れると全部《ぜんぶ》で九本《ほん》かな」

改札《かいさつ》の奥《おく》にある電光表示《でんこうひょうじ》の発車案内《はっしゃあんない》を見《み》ながら、僕《ぼく》はつぶやいた。

つまり正解《せいかい》は九本《ほん》ということだ。最初《さいしょ》のポイントの課題《かだい》にしては、びっくりするくらい簡《かん》単《たん》な問題《もんだい》だった。

だけど僕《ぼく》が受付《うけつけ》の方《ほう》に引《ひ》き返《かえ》そうとすると、急《きゅう》にリツキが「ハルト君《くん》」と声《こえ》をあげ、僕《ぼく》を呼《よ》び止《と》めた。

「なっ、何《なに》？」

「あのさ、本当《ほんとう》に九本《ほん》で合《あ》ってるのかな？」

「え、どういうこと？」

リツキに意見《いけん》された僕《ぼく》は、ムッとしながら聞《き》き返《かえ》した。今日《きょう》初《はじ》めて豊原《とよはら》に来《き》たリツキとちがって、僕《ぼく》は何度《なんど》もこの駅《えき》を利用《りよう》したことがある。僕《ぼく》の方《ほう》がずっと詳《くわ》しいんだから、正《ただ》しい答《こた》えを出《だ》せる可能性《かのうせい》も高《たか》いはずだ。

「だって、問題《もんだい》はこの駅《えき》の全部《ぜんぶ》のレールの数《かず》でしょう？　レールはホームの周《まわ》りのほかにもあるはずだよ。貨物用《かもつよう》の電車《でんしゃ》が通《とお》るレールとか、点検中《てんけんちゅう》の電車《でんしゃ》が停《と》まってるレールとか」

「あっ」

だけどその言葉《ことば》で、僕《ぼく》は自分《じぶん》のミスに気《き》がついた。悔《くや》しいけれど、確《たし》かにその通《とお》りだ。

「ちゃんと数《かぞ》えた方《ほう》がいいよ。どこか全部《ぜんぶ》のレールが見《み》えるような場所《ばしょ》に行《い》ってさ」

「そう言《い》われても……この駅《えき》にそんな場所《ばしょ》はないと思《おも》うよ」

「兄《にい》ちゃん、リツキ」

僕《ぼく》たちが途方《とほう》にくれていると、ミキノリがなぜか得意《とくい》げな笑顔《えがお》で話《はな》しかけてきた。

「どうしたんだよ」

「オレしってるよ。せんろがぜんぶ見《み》える所《ところ》」

「本当《ほんとう》に？」

リツキが表情《ひょうじょう》をぱあっと明《あか》るくしてたずねる。ミキノリは力強《ちからづよ》くうなずいた。

「こっちだよ！」

ミキノリはそう言《い》うと、僕《ぼく》たちが来《き》たのとは反対方向《はんたいほうこう》の東口《ひがしぐち》の出口《でぐち》に向《む》かって勢《いきお》いよく走《はし》り出《だ》した。リツキも早歩《はやある》きでその後《あと》を追《お》いかける。だけど僕《ぼく》は今《いま》のミキノリの言葉《ことば》が信《しん》じられず、ためらうような遅《おそ》い足取《あしど》りでついていった。あいつが走《はし》っていった東口《ひがしぐち》は西口《にしぐち》と比《くら》べて建物《たてもの》の数《かず》が少《すく》なく、僕《ぼく》の知《し》っているかぎりでは線路《せんろ》を一度《いちど》でながめられるような場所《ばしょ》もなかったはずだ。

とにかく東口《ひがしぐち》を出《で》てみると、目的地《もくてきち》らしい近《ちか》くのビルの前《まえ》でミキノリとリツキが待《ま》っていた。しかし……、そのビルを見《み》た僕《ぼく》はあぜんとなってしまう。

そこは二年前《まえ》に完成《かんせい》した、この周辺《しゅうへん》でも特《とく》に高《たか》いビルだった。すごく目立《めだ》つので、僕《ぼく》もこれができた頃《ころ》にはどんな場所《ばしょ》なんだろうと思《おも》って気《き》になっていた。だけどこの中《なか》には色《いろ》んな会社《かいしゃ》のオフィスが入《はい》っているだけで、僕《ぼく》みたいな小学生《しょうがくせい》が入《はい》っちゃいけないような場所《ばしょ》だとすぐにわかったのだ。

だけどミキノリは今《いま》、間違《まちが》いなくそのビルの前《まえ》にいた。そして僕《ぼく》がぼうぜんとしながら追《お》いつくと「よっしゃ、行《い》こーぜ！」と気軽《きがる》に言《い》ってその中《なか》に入《はい》ろうとする。僕《ぼく》はあわててミキノリの腕《うで》をつかみ、外《そと》へ引《ひ》きずり出《だ》す。

「おいっ！　兄《にい》ちゃん何《なに》すんだよ！」

「お前《まえ》こそ何《なに》やってるんだよ！　こんな所《ところ》に入《はい》ったらダメだろう！」

ジタバタともがくミキノリを全力《ぜんりょく》で押《お》さえつけていると、後《うし》ろから「とんっ」と軽《かる》く肩《かた》をたたかれた。ふり返《かえ》ると、すぐ近《ちか》くにリツキの顔《かお》があった。驚《おどろ》いた僕《ぼく》は、うっかりミキノリから手《て》を離《はな》してしまう。

「な、なんだよ！」

「大丈夫《だいじょうぶ》みたいだよ」

リツキはそう言《い》ってほほ笑《え》んだ。

僕《ぼく》はその意味《いみ》がわからず、ミキノリにたずねようとする。だけどその時《とき》にはミキノリの姿《すがた》はもう僕《ぼく》のそばにはなく、とっくに入《い》り口《ぐち》をくぐってしまっていた。

緊張《きんちょう》する僕《ぼく》をよそに、リツキも入《い》り口《ぐち》に向《む》かってすたすたと歩《ある》いていってしまう。僕《ぼく》は仕《し》方《かた》なく、リツキの少《すこ》し後《うし》ろに続《つづ》いていった。

受付《うけつけ》の女《おんな》の人《ひと》はやっぱりこっちを見《み》ている。だけど呼《よ》び止《と》められるようなこともなく、僕《ぼく》たちはあっさりとその横《よこ》を通過《つうか》することができた。ミキノリが少《すこ》し先《さき》のエレベーターホールの前《まえ》で僕《ぼく》とリツキを待《ま》っている。

「あれ……どうして？」

「これだよ兄《にい》ちゃん」

狐《きつね》につままれたような顔《かお》をしていると、ミキノリがエレベーターのドアの横《よこ》にある案内板《あんないばん》を指《ゆび》さしてみせた。

そこにはこのビルの何階《なんかい》にどんな施設《しせつ》や会社《かいしゃ》が入《はい》っているのかが書《か》かれてある。だけどミキノリが示《しめ》した最上階《さいじょうかい》の二十階《かい》だけは会社《かいしゃ》の名前《なまえ》はなく、「展望《てんぼう》フロア」という文字《もじ》があった。

「ハルト君《くん》を待《ま》ってる間《あいだ》に教《おし》えてもらったんだけど、このビルは一番上《いちばんうえ》の階《かい》だけ誰《だれ》でも入《はい》れる展望《てんぼう》フロアになってるみたい。ミキノリ君《くん》は一学期《がっき》の社会科見学《しゃかいかけんがく》でここに来《き》て、そのことを知《し》ってたんだって」

「なんだ、そういうことだったんだ」

それを聞《き》いたとたん、体中《からだじゅう》から力《ちから》が抜《ぬ》けていくような感《かん》じがした。

そうしているうちにエレベーターが着《つ》いた。幸《さいわ》い途中《とちゅう》から乗《の》ってくる人《ひと》もなく、エレベーターはすごい速《はや》さで二十階《かい》に到着《とうちゃく》する。

ドアが開《ひら》いた瞬間《しゅんかん》、僕《ぼく》の目《め》の前《まえ》に見《み》たことのない景色《けしき》が現《あらわ》れた。

まっ先《さき》に目《め》に飛《と》びこんできたのは、今日《きょう》の空《そら》の鮮烈《せんれつ》な「ディープスカイブルー」だった。近《ちか》くにはここよりも高《たか》い建物《たてもの》がないおかげで、空《そら》がいつもよりずっとずっと広《ひろ》く見《み》えた。その下《した》には奥三河地方《おくみかわちほう》にそびえる山々《やまやま》の稜線《りょうせん》、そして市街地《しがいち》から山側《やまがわ》にかけての豊原《とよはら》の街並《まちな》みが広《ひろ》がっている。

景色《けしき》に見《み》とれているのは僕《ぼく》だけかと思《おも》いきや、リツキもすっかり心《こころ》をうばわれた様子《ようす》でその場《ば》に立《た》ちつくし、目《め》の前《まえ》のパノラマを見《み》つめていた。でも僕《ぼく》はそんなリツキの姿《すがた》に、激《はげ》しい違和感《いわかん》をおぼえてしまう。

「確《たし》かに、ここからだったら駅《えき》のレールを見下《みお》ろすことができるね。小《ちい》さくて数《かぞ》えるのが大《たい》変《へん》なくらい」

しばらく時間《じかん》が経《た》ってから、リツキがまだ感動《かんどう》をにじませた声《こえ》で言《い》った。

窓《まど》のそばに立《た》って下《した》を見《み》ると、その通《とお》りだった。あんなに大《おお》きかった豊原駅《とよはらえき》が、ガラスケースの中《なか》に入《はい》ったジオラマのように小《ちい》さく見《み》える。

その数《かず》は確《たし》かに九本《ほん》どころではなかった。在来線《ざいらいせん》のレールは一目見《ひとめみ》ただけでも十本以上《ぽんいじょう》あるし、新幹線《しんかんせん》のレールも二本《ほん》だけじゃない。

数《かぞ》えてみると、新幹線《しんかんせん》も入《い》れたレールの数《かず》は十九本《ほん》。リツキが言《い》うように点検用《てんけんよう》の大《おお》きな車庫《しゃこ》の中《なか》に続《つづ》いているレールもあれば、ホームの間《あいだ》に通過用《つうかよう》の線路《せんろ》だってある。

そうやってそれぞれのレールの向《む》かう先《さき》を目《め》で追《お》っていた僕《ぼく》は、気《き》になるものを見《み》つけた。

僕《ぼく》がさっきあげた豊原駅《とよはらえき》のホームは全部《ぜんぶ》で五本《ほん》のはずだ。なのに、それらとは少《すこ》し離《はな》れた所《ところ》にもう一本《ぽん》の小《ちい》さなホームがあったのだ。

最初《さいしょ》は不思議《ふしぎ》に思《おも》ったけれど、すぐに気《き》がついた。あれは半島鉄道《はんとうてつどう》のホームだった場所《ばしょ》だと。

あの電車《でんしゃ》のホームだけはほかのホームとは離《はな》れていて、改札《かいさつ》を通《とお》ってからたどり着《つ》くまでに少《すこ》し時間《じかん》がかかったことを思《おも》い出《だ》したのだ。あの通路《つうろ》の光景《こうけい》はデパートでの買《か》い物《もの》とか映画《えいが》とか、小《ちい》さい頃《ころ》の楽《たの》しかった思《おも》い出《で》と強《つよ》く結《むす》びついている。

さすがに通路《つうろ》は廃線《はいせん》と同時《どうじ》になくなってしまったみたいだけれど、まさかホームがまだ残《のこ》っていたとは思《おも》わなかった。

ホームの前《まえ》の半島鉄道《はんとうてつどう》のレールもまだ残《のこ》っていたけれど、東海道本線《とうかいどうほんせん》に沿《そ》って進《すす》んでいたレールは五〇メートルくらい先《さき》で大《おお》きく曲《ま》がり、そこでぷつんととぎれている。

その光景《こうけい》を見《み》ているうちに、ふっと寂《さび》しい気持《きも》ちがこみ上《あ》げてくる。

「ねー！　こっちきてー！」

でも、ちょうど遠《とお》くからミキノリの声《こえ》がして、そんな僕《ぼく》の気分《きぶん》は吹《ふ》き飛《と》ばされた。

僕《ぼく》とリツキにレールの数《かず》を数《かぞ》えさせておいて、ミキノリは勝手《かって》にちがう方角《ほうがく》の景色《けしき》に夢中《むちゅう》になっていたらしい。

腹《はら》を立《た》てながら声《こえ》がした場所《ばしょ》に向《む》かったものの、ミキノリが見《み》ている方角《ほうがく》の景色《けしき》がハッキリ見《み》えてくると、その怒《いか》りはすぐに吹《ふ》き飛《と》んでしまった。さっきよりもすごい景色《けしき》に、一瞬《いっしゅん》で心《こころ》をうばわれたのだ。

そこには空《そら》と海《うみ》との二つの青《あお》。そして、そんな広大《こうだい》な青《あお》に囲《かこ》まれるように延《の》びている、僕《ぼく》たちの住《す》む豊原半島《とよはらはんとう》のパノラマが広《ひろ》がっている。

社会科《しゃかいか》で愛知県《あいちけん》の授業《じゅぎょう》を始《はじ》める時《とき》、地理《ちり》のページの最初《さいしょ》には「愛知県《あいちけん》はカニに似《に》た形《かたち》をしています」と書《か》かれている。

そう言《い》われてみると確《たし》かに、この県《けん》は丸《まる》いこうらを持《も》つカニが、大《おお》きな前脚《まえあし》で自分《じぶん》の体《からだ》をおおっているようにも見《み》える。

そうすると豊原半島《とよはらはんとう》はカニの左脚《ひだりあし》ということになるのだろう。弓《ゆみ》なりになった半島《はんとう》は湿気《しっけ》を含《ふく》んだ夏《なつ》の空気《くうき》のせいで途中《とちゅう》までしか見《み》えないけれど、山地《さんち》の緑色《みどりいろ》のラインや半島鉄道《はんとうてつどう》の沿線《えんせん》に集中《しゅうちゅう》して造《つく》られていった住宅地《じゅうたくち》のひしめきあう屋根《やね》なんかが鳥《とり》のように一目《ひとめ》で見下《みお》ろせる。生《う》まれ育《そだ》った町《まち》のはずなのに、何《なん》だか全然知《ぜんぜんし》らない場所《ばしょ》をながめているみたいだった。

「さっき私《わたし》たちが乗《の》ったバスってさ、どんな道《みち》を通《とお》るのかな？」

リツキに質問《しつもん》されたので、僕《ぼく》は景色《けしき》を指《ゆび》さしながらブルーラインのルートを説明《せつめい》した。

豊原駅《とよはらえき》を出《で》たブルーラインのバスは「跨線橋《こせんきょう》」という線路《せんろ》をまたぐ橋《はし》を越《こ》えると、住宅地《じゅうたくち》の中《なか》を抜《ぬ》けて、半島《はんとう》の奥《おく》まで続《つづ》く国道《こくどう》へと合流《ごうりゅう》する。それからは三方丘駅前《みかたがおかえきまえ》と同《おな》じように半島鉄道《はんとうてつどう》の駅《えき》だった場所《ばしょ》に何度《なんど》もよりながら進《すす》み、そのまま半島《はんとう》の中《なか》ほどにある「海浜公園《かいひんこうえん》前駅《まええき》」という停留所《ていりゅうじょ》へと続《つづ》いている。

この「海浜公園前駅《かいひんこうえんまええき》」は、半島鉄道《はんとうてつどう》の終点《しゅうてん》でもあった駅《えき》だ。半島鉄道《はんとうてつどう》はもともと夏《なつ》のレジャースポットだった豊原海浜公園《とよはらかいひんこうえん》と市街地《しがいち》をつなぐ目的《もくてき》で五十年以上《いじょう》も前《まえ》に造《つく》られたものだったという。

だけど時代《じだい》が変《か》わるにつれて海水浴客《かいすいよくきゃく》の数《かず》は少《すく》なくなり、十年前《まえ》に近《ちか》くの街《まち》に流《なが》れるプールやウオータースライダーのある巨大《きょだい》プールができると、完全《かんぜん》にさびれてしまった。それが半島鉄道《はんとうてつどう》が廃線《はいせん》になってしまった大《おお》きな理由《りゆう》だったらしい。

お父《とう》さんから聞《き》いた話《はなし》を思《おも》い出《だ》した僕《ぼく》はすっかり空《むな》しい気持《きも》ちになってしまい、再《ふたた》びポツンと残《のこ》るホームを見下《みお》ろしていた。

だけど僕《ぼく》をそんな気分《きぶん》から救《すく》ってくれたのは、意外《いがい》にも隣《となり》にいたリツキだった。

「これからその道《みち》を旅《たび》するんだね。私《わたし》たち」

僕《ぼく》の話《はなし》を聞《き》いたリツキがしみじみと言《い》った。それを聞《き》いた瞬間《しゅんかん》、僕《ぼく》の中《なか》の考《かんが》えが急《きゅう》にがらりと変《か》わった。そして今《いま》まで胸《むね》を占《し》めていた空《むな》しい気分《きぶん》が、鮮《あざ》やかなくらいキレイに洗《あら》い流《なが》されていくような感《かん》じがした。

確《たし》かに半島鉄道《はんとうてつどう》ブルーラインはずっと前《まえ》に廃線《はいせん》になり、レールは駅《えき》のすぐ近《ちか》くでとぎれてしまった。だけどあの電車《でんしゃ》が結《むす》んできた道筋《みちすじ》は今《いま》でもバスのブルーラインによって受《う》け継《つ》がれている。そして僕《ぼく》たちは、これからそのルートをめぐる旅《たび》をするのだ……と。

もちろんバスは国道《こくどう》に沿《そ》って進《すす》むわけだし、電車《でんしゃ》とまったく同《おな》じ道《みち》を行《い》くわけじゃない。けれどもそんなふうに考《かんが》えたら、不思議《ふしぎ》と元気《げんき》が湧《わ》いてくるようだった。ほんの少《すこ》しだけれど、この旅《たび》に対《たい》して前向《まえむ》きになれた気《き》がする。

それにしても、気《き》になるのはリツキのことだった。

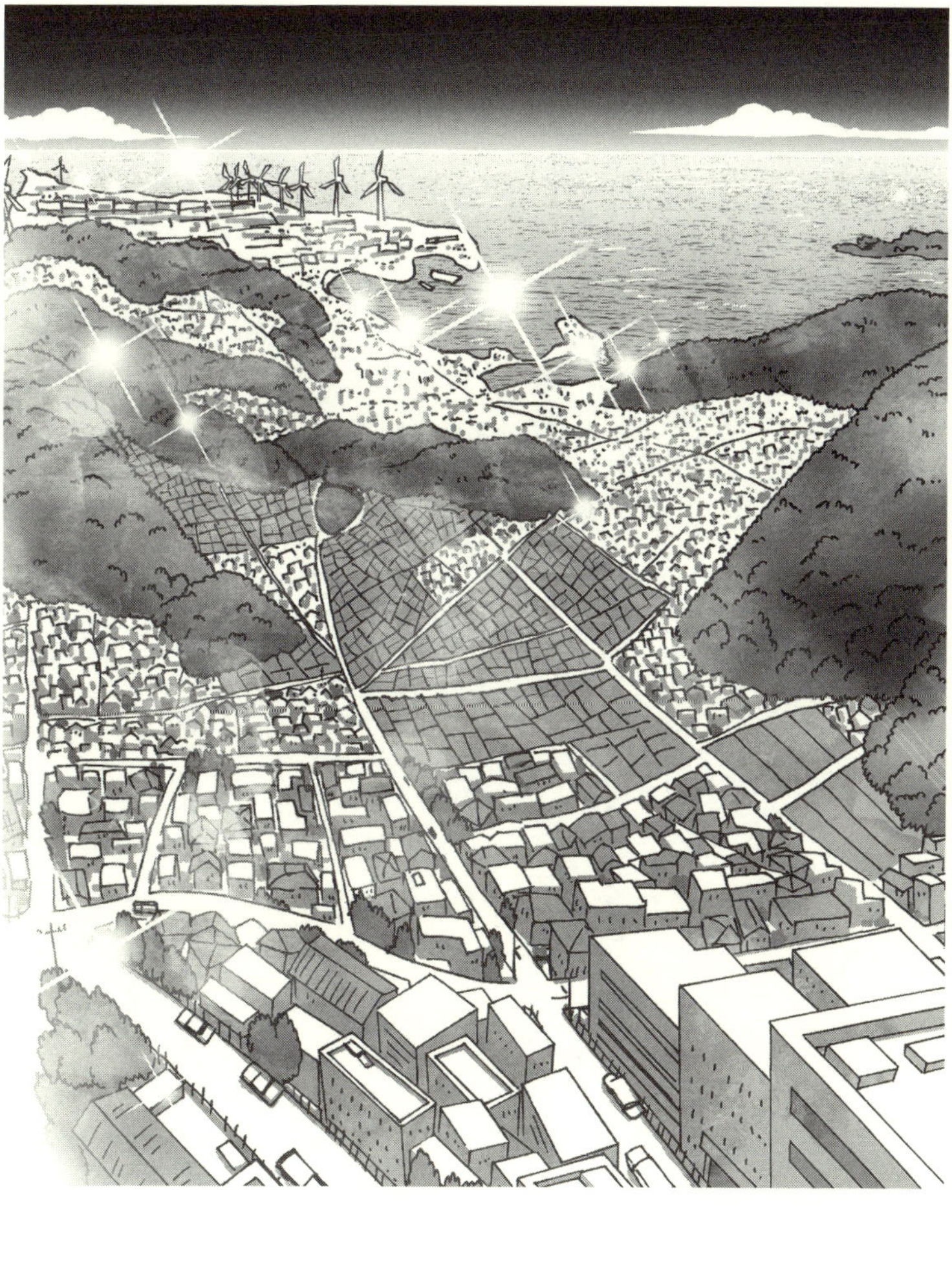

僕《ぼく》の横《よこ》に立《た》つリッキは間違《まちが》いなく、嬉《うれ》しそうに目《め》を細《ほそ》めて目《め》の前《まえ》の雄大《ゆうだい》なパノラマに見《み》入《い》っている。最初《さいしょ》からこの旅《たび》を楽《たの》しみにしていたリッキにとって、これは僕《ぼく》よりもずっと心《こころ》が躍《おど》る風景《ふうけい》なのかもしれない。

でも、僕《ぼく》にはそれがわからなかった。どうして空《そら》の青《あお》と海《うみ》の青《あお》とに囲《かこ》まれた半島《はんとう》の景色《けしき》を、リッキが美《うつく》しいと感《かん》じているのか……。

そもそも、リッキはどうして「ブルーラリー」なんて名前《なまえ》のイベントに参加《さんか》するために、わざわざ北海道《ほっかいどう》からやってきたのだろう?

だって彼女《かのじょ》にとって、青《あお》というのは誰《だれ》よりも遠《とお》い存在《そんざい》であるはずなのに。

今《いま》の景色《けしき》を心《こころ》の底《そこ》から喜《よろこ》んでいるリッキを見《み》ていると、僕《ぼく》はリッキの「能力《のうりょく》」のことを思《おも》い出《だ》さずにはいられない。そして、こみ上《あ》げてくる疑問《ぎもん》がおさえきれなくなってしまう。

なぜなら……リッキが持《も》つ「能力《のうりょく》」の正体《しょうたい》とは、「青《あお》が見《み》えない」ということだったからだ。

僕《ぼく》の視線《しせん》が気《き》になったのか、景色《けしき》を見《み》ていたリッキがすっとこっちへふり向《む》いた。僕《ぼく》は相《あい》変《か》わらずの条件反射《じょうけんはんしゃ》で、あわてて目《め》をそらしてしまう。

目《め》の前《まえ》の雄大《ゆうだい》な景色《けしき》が隣《となり》のリッキにはどんなふうに映《うつ》っているのか……それを想像《そうぞう》しようとするだけで軽《かる》いめまいがするほどで、リッキのことがまったく理解《りかい》のできない、不気味《ぶきみ》な存在《そんざい》にさえ思《おも》えてしまう。

それが僕《ぼく》に変《へん》な錯覚《さっかく》を起《お》こさせ、リツキを過剰《かじょう》に避《さ》けるようになってしまった最大《さいだい》の原因《げんいん》だった。

旅《たび》の舞台《ぶたい》になる半島《はんとう》の景色《けしき》に改《あらた》めて向《む》かいあった僕《ぼく》の心《こころ》の中《なか》には、はっきりと戸惑《とまど》いがめばえていた。

2　リツキの「能力《のうりょく》」

バスの案内所《あんないじょ》に戻《もど》った僕《ぼく》たちは、数《かぞ》えてきたレールの本数《ほんすう》を受付《うけつけ》のお姉《ねえ》さんに伝《つた》えた。

「正解《せいかい》でーす！　スタンプを押《お》すからカードを渡《わた》してね」

僕《ぼく》たちは三枚《まい》のカードをガラスの向《む》こうのお姉《ねえ》さんに渡《わた》した。受付《うけつけ》のお姉《ねえ》さんは「タンッ、タンッ、タンッ」と軽快《けいかい》なリズムをきざみながら一番左上《いちばんひだりうえ》のマスにスタンプを押《お》して、僕《ぼく》たちに返《かえ》してくれた。青《あお》い丸《まる》の中《なか》にポイントの順番《じゅんばん》である「1」の数字《すうじ》が入《はい》っている。

「この先《さき》のポイントもがんばってね」

「ありがとうございます！」

マイクを通《とお》して聞《き》こえる声《こえ》に、リツキとミキノリが声《こえ》をそろえてお礼《れい》を言《い》う。僕《ぼく》も小《ちい》さく頭《あたま》を下《さ》げて、ブルーラインの乗《の》り場《ば》に向《む》かった。

ルールブックに載《の》っていた時刻表《じこくひょう》を見《み》たら、次《つぎ》のバスはあと五分《ふん》くらいで出発《しゅっぱつ》してしまうらしい。午後《ごご》のブルーラインは本数《ほんすう》がとても少《すく》ないから、乗《の》り遅《おく》れると時間《じかん》がかなりムダになってしまう。

急《いそ》いで乗《の》り場《ば》に着《つ》くと、そこにはもうバスが停《と》まっていた。ムダに駆《か》け足《あし》をくり返《かえ》すミキノリが最初《さいしょ》に乗《の》りこみ、少《すこ》し遅《おく》れて僕《ぼく》とリツキが続《つづ》いた。

ミキノリは奥《おく》に向《む》かってずんずんと突進《とっしん》し、一番後《いちばんうし》ろの五人《にん》がけの座席《ざせき》に座《すわ》った。それを見《み》て、僕《ぼく》の気分《きぶん》は一気《いっき》に重《おも》くなってしまった。

ミキノリがあの席《せき》に座《すわ》ったということは、僕《ぼく》とリツキも一緒《いっしょ》にあそこに座《すわ》るのが普通《ふつう》、ということになる。それはつまり、このバスに乗《の》っている間《あいだ》はずっとリツキの近《ちか》くにいないといけないということだ。

次《つぎ》のポイントは五つ先《さき》の停留所《ていりゅうじょ》だ。そこは住宅地《じゅうたくち》を抜《ぬ》けて、国道《こくどう》を少《すこ》し進《すす》んだ位置《いち》にある。僕《ぼく》は早《はや》く着《つ》いてくれと願《ねが》いながら、なるべくリツキが視界《しかい》に入《はい》らない方《ほう》の景色《けしき》を見《み》るようにしていた。

僕《ぼく》がそれほどリツキの目《め》を気《き》にしてしまうのは、実《じつ》はもう一つ大《おお》きな理由《りゆう》があった。

例《れい》のリツキの「能力《のうりょく》」について、伯母《おば》さんから強《つよ》く禁止《きんし》されていることがあったのだ。

彼女《かのじょ》のこの特徴《とくちょう》は「特殊色認《とくしゅしきにん》」と呼《よ》ばれるものらしい。「色覚特性《しきかくとくせい》」といって、赤《あか》や緑《みどり》といった色《いろ》の見《み》え方《かた》が僕《ぼく》たちとは少《すこ》しちがう人《ひと》がいるって話《はなし》を聞《き》いたことはあるけれど、それとは根本的《こんぽんてき》にちがうもののようだ。

リツキが定期的《ていきてき》に大学病院《だいがくびょういん》に通《かよ》っている理由《りゆう》もそのためだった。特殊色認《とくしゅしきにん》は世界《せかい》でも珍《めずら》しい症状《しょうじょう》で情報《じょうほう》が少《すく》ないため、体《からだ》にほかの異常《いじょう》が現《あらわ》れたりしないかを特《とく》に注意《ちゅうい》しないといけないためらしい。

だけど伯母《おば》さんは電話《でんわ》でその話《はなし》をした時《とき》、強《つよ》い口調《くちょう》でこうつけ加《くわ》えた。

「青《あお》が見《み》えないからといっても、リツキのことを絶対《ぜったい》に病気《びょうき》だと思《おも》うんじゃないよ。今《いま》のリツキにとって、それは大切《たいせつ》な『能力《のうりょく》』なんだから」と。

受話器《じゅわき》から伝《つた》わってくる迫力《はくりょく》がすごかったので、僕《ぼく》はすぐに「わかった」と返事《へんじ》をしてしまった。だけど、本当《ほんとう》は全然《ぜんぜん》わかっていなかった。

リツキには気《き》の毒《どく》だと思《おも》うけれど、これはどうみても病気《びょうき》じゃないかと思《おも》う。伯母《おば》さんはどうしてそれを、あんなに強《つよ》く「能力《のうりょく》」なんて呼《よ》ばせようとしているのだろう。リツキの瞳《ひとみ》を見《み》るだけでそんな疑問《ぎもん》が強《つよ》くなって、リツキと……正《ただ》しくはリツキの特徴《とくちょう》と、どんな気持《きも》ちで向《む》きあえばいいのかわからなくなってしまう。

駅周辺《えきしゅうへん》の道路《どうろ》はかなり混《こ》んでいたけれど、信号《しんごう》を曲《ま》がって跨線橋《こせんきょう》にさしかかると急《きゅう》に車《くるま》の数《かず》が減《へ》って、バスのスピードが上《あ》がった。

跨線橋《こせんきょう》の上《うえ》で、僕《ぼく》は線路《せんろ》に目《め》をこらした。

遠《とお》くにぽつんと見《み》えるホーム。とぎれたレール。線路《せんろ》の敷地《しきち》のはじっこには雑草《ざっそう》がしげっていて、その中《なか》に黄色《きいろ》やピンクの小《ちい》さい花《はな》がゆらゆらと風《かぜ》にそよいでいるのが見《み》えた。失《うしな》われた道《みち》の先《さき》に向《む》かって、ブルーラインのバスは進《すす》んでいく。

途中《とちゅう》のバス停《てい》で何回《なんかい》か人《ひと》を乗《の》せて、バスが目的《もくてき》の「栄代駅前《えいじろえきまえ》」という停留所《ていりゅうじょ》に着《つ》いたのはおよそ十五分後《ふんご》だった。

そこはバスが国道《こくどう》に入《はい》ってすぐの位置《いち》にあって、名前《なまえ》に「駅前《えきまえ》」とついているのに駅《えき》も線《せん》路《ろ》も見《み》えない。栄代駅《えいじろえき》へ行《い》くにはここから住宅地《じゅうたくち》に戻《もど》り、その中《なか》を少《すこ》し歩《ある》かないといけないのだ。二番目《ばんめ》のポイントは、その途中《とちゅう》の金物屋《かなものや》だった。

店《みせ》の中《なか》に入《はい》ると、カウンターの奥《おく》で座《すわ》っていたおじさんがこっちを見《み》た。そしてリツキとミキノリの下《さ》げたカードを見《み》ると、やはり表情《ひょうじょう》をやわらげた。

「おお、ブルーラリーかぁ」

リツキたちがうなずく。するとおじさんが立《た》ち上《あ》がり、僕《ぼく》たちの所《ところ》に近《ちか》づいてきた。

「それじゃあ、このポイントでの課題《かだい》を教《おし》えようか……と、言《い》いたいところだが」

そう言《い》って、おじさんはニヤリと笑《わら》った。

「実《じつ》はこの店《みせ》は、本当《ほんとう》のポイントじゃないんだ。そしてここの課題《かだい》というのはね、その『本《ほん》当《とう》のポイント』を探《さが》すことなんだよ」

「本当《ほんとう》のポイント、ですか？」

「そう。ヒントはこの商店街《しょうてんがい》の中《なか》にある店《みせ》だってことと、『エイジロコウセン』だ。さっ、がんばれよお！」

おじさんの威勢《いせい》のいい声《こえ》に送《おく》り出《だ》されて金物屋《かなものや》を出《で》た僕《ぼく》たちは、本当《ほんとう》のポイントだという場所《ばしょ》を見《み》つけるために行動《こうどう》を開始《かいし》した。

「もう一つのヒントは『エイジロコウセン』って言《い》ってたよね。エイジロっていうのは、この地名《ちめい》のことかな？」

「そうだと思《おも》う。でも『コウセン』って何《なん》のことだろう」

「スペシウムコウセン！　シュアッ！」

勝手《かって》にウルトラマンごっこを始《はじ》めるミキノリのことは無視《むし》して、僕《ぼく》たちはその意味《いみ》を考《かんが》える。

だけど何《なに》も思《おも》い浮《う》かばないので、とりあえず商店街《しょうてんがい》を最後《さいご》まで歩《ある》いてみることにした。どんな店《みせ》があるのかを見《み》れば、それをヒントにして「コウセン」の意味《いみ》を見《み》つけることができるかもしれないと思《おも》ったからだ。二〇〇メートルくらいの商店街《しょうてんがい》をじっくり歩《ある》きながら、僕《ぼく》たちは見《み》つけたお店《みせ》の種類《しゅるい》をルールブックの中《なか》のメモ欄《らん》に記《しる》していった。

商店街《しょうてんがい》にまばらに残《のこ》っているお店《みせ》は全部《ぜんぶ》で八軒《けん》。さっき入《はい》った金物屋《かなものや》とラーメン屋《や》、魚屋《さかなや》、ブティックというらしい小《ちい》さな洋服屋《ようふくや》、コンビニ風《ふう》の酒屋《さかや》、寿司屋《すしや》、クリーニング屋《や》、電気屋《でんきや》という並《なら》びだった。

その中《なか》には「コウセン」というキーワードに関係《かんけい》がありそうなお店《みせ》はない。相変《あいか》わらず「光線《こうせん》」だと思《おも》いこんでいるミキノリは「何《なん》となく近《ちか》そう」という理由《りゆう》から電気屋《でんきや》を主張《しゅちょう》したけれど、説得力《せっとくりょく》がなさすぎる。

僕《ぼく》たちはすっかり途方《とほう》に暮《く》れて、商店街《しょうてんがい》の真《ま》ん中《なか》に立《た》ちつくしてしまった。そんな僕《ぼく》たちに、まだまだ強《つよ》い午後《ごご》の日差《ひざ》しと一日でもっとも暑《あつ》い時間帯《じかんたい》の熱気《ねっき》をたっぷり吸《す》ったコンクリートが放《はな》つ熱《ねつ》とが、追《お》いうちをかけるように攻《せ》めつけてくる。

家《いえ》を出《で》てから水分補給《すいぶんほきゅう》をしていなかった僕《ぼく》たちは、ここにきてむしょうにのどがかわいてきた。特《とく》にミキノリは色《いろ》んな所《ところ》で走《はし》り回《まわ》っていたから、かなりこたえているようだ。

「あぢぃ〜！　兄《にい》ちゃ〜ん、サイダァ〜のみたぁ〜い」

「うーん、仕方《しかた》ないなあ」

ミキノリがねばっこい声《こえ》で駄々《だだ》をこねてくるので、僕《ぼく》はナップザックから財布《さいふ》を取《と》り出《だ》し、近《ちか》くの自動販売機《じどうはんばいき》へ歩《ある》き出《だ》す。とは言《い》え僕《ぼく》ものどがかわいて仕方《しかた》がなかったから、心《こころ》の中《なか》ではミキノリに強《つよ》く賛成《さんせい》していた。

「ねえ、ちょっと待《ま》って！」

だけどリツキが急《きゅう》に声《こえ》をあげて、僕《ぼく》たちを呼《よ》び止《と》めた。

「え、なんだよ」

「今思《いまおも》い出《だ》した！　飲《の》み物《もの》を買《か》う前《まえ》に、行《い》きたい場所《ばしょ》があるの」

「は？　なんだよそれ。休《やす》んでからじゃダメなの？」

のどがかわいてイライラしているせいか、リツキにかける言葉《ことば》が思《おも》わず荒《あら》っぽくなってしまう。この時《とき》ばかりはミキノリも、僕《ぼく》の言葉《ことば》にうんうんと何度《なんど》もうなずいている。

「絶対《ぜったい》にダメってわけじゃないけど、ここで飲《の》み物《もの》を買《か》わない方《ほう》がいいと思《おも》うの。お願《ねが》いします！」

言《い》っている意味《いみ》がよくわからない。だけどリツキがあまりに必死《ひっし》なので、僕《ぼく》たちは仕方《しかた》なくサイダーをあきらめることにした。

そうまでしてリツキが連《つ》れてきた場所《ばしょ》は、なぜかさっきメモにも書《か》いたコンビニ風《ふう》の酒屋《さかや》だった。

ますます意味《いみ》がわからなかったけれど、リツキは迷《まよ》うことなくお店《みせ》の中《なか》に入《はい》っていく。僕《ぼく》とミキノリも半信半疑《はんしんはんぎ》でその後《あと》に続《つづ》いた。

リツキは奥《おく》の棚《たな》で商品《しょうひん》の整理《せいり》をしていたおじさんのそばに行《い》くと、唐突《とうとつ》に質問《しつもん》した。

「お仕事中《しごとちゅう》すいません。このお店《みせ》に『エイジロコウセン』はありますか？」

それを聞《き》いて、僕《ぼく》とミキノリは同時《どうじ》に「えっ」と小《ちい》さな声《こえ》で叫《さけ》んだ。

酒屋《さかや》のおじさんは一瞬《いっしゅん》目《め》を丸《まる》くしたけれど、リツキのパスケースを見《み》るとにっこり笑《わら》い、大《おお》きく口《くち》を開《あ》けた。

「正解《せいかい》！　よくわかったね」

「やったあー！」

それを聞《き》いたリツキは飛《と》び上《あ》がり、長《なが》いポニーテールをぴょんぴょん弾《はず》ませて喜《よろこ》んだ。それから頭《あたま》にたくさんの「？」マークが浮《う》かんだ顔《かお》で見《み》ている僕《ぼく》たちに説明《せつめい》してくれた。

「前《まえ》に読《よ》んだ小説《しょうせつ》に書《か》いてあったんだけど、昔《むかし》は炭酸《たんさん》のことを、鉱物《こうぶつ》の『鉱《こう》』に『泉《いずみ》』って書《か》いて、『なんとか鉱泉《こうせん》』とか『鉱泉水《こうせんすい》』って呼《よ》ぶことがあったんだって。さっきミキノリ君《くん》がサイダーって言《い》ったのを聞《き》いて思《おも》い出《だ》したの。この商店街《しょうてんがい》で飲《の》み物《もの》を売《う》っているお店《みせ》はほかになさそうだったし、すぐにここだってわかったんだ」

「うぉー！　リツキすげー！」

リツキの推理《すいり》に感動《かんどう》したミキノリが叫《さけ》ぶと、リツキは照《て》れ臭《くさ》そうにはにかみ、目《め》をふせた。

それからおじさんは、僕《ぼく》たちに「栄代鉱泉《えいじろこうせん》」の実物《じつぶつ》を見《み》せてくれた。入《い》り口《ぐち》の手前《てまえ》に古《ふる》びたクーラーケースがあり、その中《なか》に底《そこ》が八角形《はっかくけい》をした珍《めずら》しいガラスビンがいっぱい入《はい》っている。淡《あわ》いエメラルド色《いろ》をしたビンには直接《ちょくせつ》、昔《むかし》の看板《かんばん》みたいな太《ふと》い文字《もじ》で「栄代《えいじろ》コウセン」と印刷《いんさつ》されていた。

「鉱泉《こうせん》っていう言葉《ことば》はもともと冷《つめ》たい湧《わ》き水《みず》のことをいうんだけど、昔《むかし》は炭酸水《たんさんすい》のネーミングに使《つか》われることが多《おお》かったんだよ」

珍《めずら》しい形《かたち》のサイダーに目《め》をうばわれていると、後《うし》ろからおじさんが説明《せつめい》してくれた。

「ほら、これを見《み》てごらん」

顔《かお》を上《あ》げて入《い》り口《ぐち》の上《うえ》の壁《かべ》を見《み》てみると、そこには地元新聞《じもとしんぶん》の記事《きじ》が貼《は》りつけられている。だいぶ古《ふる》いらしく、紙《かみ》が薄茶色《うすちゃいろ》に変色《へんしょく》している。

その記事《きじ》には、砂浜《すなはま》の上《うえ》でこの八角形《はっかくけい》のビンに口《くち》をつけている女《おんな》の人《ひと》の写真《しゃしん》が載《の》っていた。若《わか》い人《ひと》だったけれど、髪形《かみがた》が豪快《ごうかい》なパンチパーマになっているのが何《なん》だかおかしい。写真《しゃしん》の横《よこ》には「モーレツな暑《あつ》さ！　今年《ことし》も大活躍《だいかつやく》の八角《はっかく》サイダー」という大《おお》きな見出《みだ》しが書《か》いてある。

「栄代鉱泉《えいじろこうせん》は昭和《しょうわ》の初《はじ》めの頃《ころ》からウチで作《つく》っている商品《しょうひん》でね、海水浴場《かいすいよくじょう》がにぎわっていた時《じ》代《だい》にはあの辺《へん》のお店《みせ》にもたくさん卸《おろ》していたんだ。ビンの形《かたち》にちなんで『八角《はっかく》サイダー』なんてニックネームも付《つ》けられてて、ちょっとした名物《めいぶつ》だったんだよ」

おじさんの話《はなし》に、僕《ぼく》たちはふむふむとうなずいた。僕《ぼく》がこのサイダーの名前《なまえ》をまったく知《し》らなかったのは、海水浴場《かいすいよくじょう》がなくなったこととも関係《かんけい》が深《ふか》いのかもしれない。

これで二番目《ばんめ》の課題《かだい》は終《お》わりか…と思《おも》いきや、おじさんはスタンプを押《お》す前《まえ》に、僕《ぼく》たちに最後《さいご》の課題《かだい》を出《だ》した。いや……この場合《ばあい》、「出《だ》してくれた」と言《い》った方《ほう》が正《ただ》しいかもしれない。

「せっかく来《き》たんだから、帰《かえ》る前《まえ》に栄代鉱泉《えいじろこうせん》を飲《の》んでいきなよ。お金《かね》はいいからさ」

タダと聞《き》いた僕《ぼく》たちはえんりょしたけれど、それでも強《つよ》く勧《すす》めてくれるので、結局《けっきょく》おじさんの言葉《ことば》に甘《あま》えることにした。だけど本当《ほんとう》はのどがかわいて仕方《しかた》がなかったから、そう言《い》ってもらえてすごく嬉《うれ》しかった。

ケースに結《むす》びつけてあった栓抜《せんぬ》きで王冠《おうかん》を外《はず》すと、僕《ぼく》たちは外《そと》にあった木《き》のベンチに座《すわ》って栄代鉱泉《えいじろこうせん》を飲《の》んだ。

冷《つめ》たい炭酸《たんさん》のシュワシュワした感覚《かんかく》が口《くち》の中《なか》に広《ひろ》がった瞬間《しゅんかん》、今《いま》までののどのかわきが一《いっ》気《き》に吹《ふ》き飛《と》んだ。むしろ長《なが》い時間《じかん》ガマンしていてよかったと思《おも》ったくらいだ。それくらい、生《う》まれて初《はじ》めて飲《の》んだ栄代鉱泉《えいじろこうせん》はおいしかった。

しかもこの飲《の》み物《もの》について色《いろ》んな話《はなし》を聞《き》かせてもらったおかげだろうか。飲《の》んでいると頭《あたま》の中《なか》に栄代鉱泉《えいじろこうせん》に関《かん》するイメージが浮《う》かんでくる。口《くち》の中《なか》のサイダーの泡《あわ》と一緒《いっしょ》に、僕《ぼく》の知《し》らない遠《とお》い夏《なつ》の海浜公園《かいひんこうえん》の姿《すがた》がぱっぱっとはじけては消《き》えていった。そのせいなのかどうかはわからないけれど、三人《にん》とも一度《いちど》に半分近《はんぶんちか》くを飲《の》み干《ほ》してしまう。

それから僕《ぼく》は、半分近《はんぶんちか》いサイダーが残《のこ》るビンをじっと見《み》つめた。エメラルド色《いろ》をしたガラスビンの向《む》こうに、コンクリートの道路《どうろ》と向《む》かいのお店《みせ》のシャッターが見《み》える。

八角形《はっかくけい》のビンは平《たい》らな部分《ぶぶん》が少《すこ》しゆがんでいるらしく、それを通《とお》して見《み》える世界《せかい》も微妙《びみょう》にぐにゃりとしている。中《なか》では小《ちい》さな泡《あわ》がゆらゆらと立《た》ち上《のぼ》っていて、何《なん》だか幻想的《げんそうてき》だ。

その時僕《ときぼく》はふと、リツキに見《み》えている世界《せかい》のことが気《き》になってきた。

そっと隣《となり》を見《み》てみると、リツキは再《ふたた》びビンに口《くち》をつけているところだった。横顔《よこがお》にはガラスを通過《つうか》したエメラルドの光《ひかり》がさして、メガネの銀色《ぎんいろ》のフレームの上《うえ》では光《ひかり》の粒《つぶ》がまたたいている。

「んっ？」

こっちに気《き》がついたリツキがふり返《かえ》ってきたので、僕《ぼく》はさっと目《め》をそらした。さっきから知《し》らず知《し》らずリツキのことを意識《いしき》してしまっているような気《き》がして、ものすごく恥《は》ずかしい。

僕《ぼく》が何《なに》か聞《き》いてくると思《おも》ったのか、リツキはしばらくこっちを見《み》ていた。だけど何《なに》もないとわかると、逆《ぎゃく》にリツキの方《ほう》から話《はな》しかけてきた。

「あのさ、このビンもらっちゃダメなんだよね？」

「……え？　だ、ダメだよ。さっきのおじさんの話聞《はなしき》いただろう？」

「そうだよね。やっぱりいけないよね……」

リツキは残念《ざんねん》そうにつぶやくと、残《のこ》り少《すく》なくなったビンの表面《ひょうめん》を名残惜《なごりお》しそうに指《ゆび》でなぞった。

それは順番《じゅんばん》にサイダーの栓《せん》を開《あ》けている最中《さいちゅう》に、おじさんから聞《き》いた話《はなし》だった。

「八角《はっかく》サイダー」という名前《なまえ》で呼《よ》ばれていたくらい栄代鉱泉《えいじろこうせん》の特徴《とくちょう》になっている八角形《はっかくけい》のビンは、豊原市内《とよはらしない》のただ一つのガラス工場《こうじょう》で作《つく》られていたそうだ。だけど三年《ねん》前《まえ》にその工場《こうじょう》が閉鎖《へいさ》になってしまい、今《いま》は返却《へんきゃく》されてくるビンを使《つか》うだけになってしまったという。「俺《おれ》も年《とし》だし、ビンの数《かず》がもっと少《すく》なくなったら栄代鉱泉《えいじろこうせん》の販売《はんばい》をやめようと思《おも》ってるんだよ」と言《い》うおじさんの言葉《ことば》は僕《ぼく》の耳《みみ》に強《つよ》く残《のこ》っている。

リツキはすぐに気持《きも》ちを切《き》りかえたらしい。すぐに残《のこ》りをぐいっと飲《の》み干《ほ》すと、元気《げんき》を取《と》り戻《もど》した声《こえ》で話《はな》しかけてきた。

「じゃあさ、お願《ねが》いがあるの！　ビンについてた王冠《おうかん》、もらってもいいかな？」

あまりに意外《いがい》なお願《ねが》いだったので、僕《ぼく》は言葉《ことば》を失《うしな》ってしまった。小《ちい》さいミキノリならわかるけれど、まさか小六《しょう》のリツキが王冠《おうかん》を集《あつ》めているとは思《おも》いもよらなかった。

「ま、まあ……別《べつ》にいいけど」

僕《ぼく》はあっけにとられながら、とりあえずポケットに入《い》れていた王冠《おうかん》をリツキに渡《わた》した。

「ありがとう！」

リツキは満面《まんめん》の笑《え》みでお礼《れい》を言《い》う。不思議《ふしぎ》なくらいの喜《よろこ》びようだった。

それからリツキはミキノリからも王冠《おうかん》をもらうと（ミキノリもちょっと王冠《おうかん》をほしそうにしていたが、お願《ねが》いをするリツキの迫力《はくりょく》に押《お》されてビクビクしながら渡《わた》していた）、ショルダーバッグのチャックを開《あ》けた。

その中《なか》から取《と》り出《だ》したのは、さらに僕《ぼく》の想像《そうぞう》をこえるものだった。ビニール製《せい》のクリアブルーのペンケース。白《しろ》い水玉模様《みずたまもよう》がついているそのケースは子《こ》どもっぽくて可愛《かわい》いけれど、高学年《こうがくねん》が持《も》ち歩《ある》くのは似合《にあ》わない気《き》がする。どうしてリッキがそんなものを持《も》ち歩《ある》いているのだろう？　しかも、リッキには見《み》えないはずの青《あお》いものを。

リッキはケースのチャックをそっと開《あ》けると、自分《じぶん》のも含《ふく》めた三個《こ》の王冠《おうかん》を大切《たいせつ》そうにその中《なか》に入《い》れた。

「なあ……それ、どうするの？」

さすがに質問《しつもん》しないわけにはいかず、僕《ぼく》はリッキに話《はな》しかけた。考《かんが》えてみたら、僕《ぼく》の方《ほう》からリッキに声《こえ》をかけたのはこれが初《はじ》めてだったかもしれない。

それなのに。

「ごめん、言《い》えない」

リッキは恥《は》ずかしそうにうつむいて、か細《ぼそ》い声《こえ》でそう返《かえ》してきた。初《はじ》めてリッキの方《ほう》に歩《あゆ》み寄《よ》ってやったのに、何《なん》だか拒絶《きょぜつ》されたような気《き》がした僕《ぼく》は少《すこ》し気分《きぶん》を悪《わる》くした。

全員《ぜんいん》がサイダーを飲《の》み終《お》えると、お店《みせ》に戻《もど》っておじさんにビンを返《かえ》した。

おじさんは「ありがとう」と言《い》い、それから僕《ぼく》たちのカードに「２」のスタンプを押《お》してくれた。それから金物屋《かなものや》のおじさんの所《ところ》にも立《た》ち寄《よ》ってお礼《れい》を言《い》い、この商店街《しょうてんがい》をあとにした。のどをうるおすこともできたし、すごく充実《じゅうじつ》した気分《きぶん》だった。

だけど国道《こくどう》に戻《もど》り、バス停《てい》に到着《とうちゃく》した時《とき》、そんな気分《きぶん》が一気《いっき》にどん底《ぞこ》に突《つ》き落《お》とされてしまう。

「次《つぎ》のバス、四十分後《ぷんご》だってさ」

最初《さいしょ》に時刻表《じこくひょう》を見《み》たリツキが、力《ちから》の抜《ぬ》けた声《こえ》でつぶやいた。

さっきはおじさんからサイダーをもらった瞬間《しゅんかん》にのどのかわきを忘《わす》れたけれど、今度《こんど》はその逆《ぎゃく》だった。この炎天下《えんてんか》で四十分《ぷん》もバスを待《ま》つことを考《かんが》えただけで、体《からだ》からどっと汗《あせ》がふき出《だ》してきそうだ。

「今日《きょう》はもう無理《むり》かな」

僕《ぼく》が思《おも》ってても口《くち》に出《だ》したくなかったことを、リツキがぽつりと言《い》った。

でも、確《たし》かにそうなってしまうだろう。バスがくるのは五時《じ》くらいだし、次《つぎ》のポイントではどれくらい時間《じかん》がかかるのかわからない。そういった事情《じじょう》を考《かんが》えたら、今日《きょう》の旅《たび》はこの辺《へん》でやめた方《ほう》がいいと思《おも》うのが普通《ふつう》だ。それはわかっているけれど……。

「残《のこ》りのポイントは七つ。まだ三日もあるんだし、大丈夫《だいじょうぶ》だよね」

リツキののん気《き》な発言《はつげん》を聞《き》いて、内心腹《ないしんはら》が立《た》ってしまう。どうしてこんな時《とき》に……出発《しゅっぱつ》の時《とき》につぶやいた言葉《ことば》を、心《こころ》の内《うち》で繰《く》り返《かえ》す。リツキに対《たい》する不満《ふまん》が、重《おも》たい石《いし》のように心《こころ》の底《そこ》にどすんとのしかかる。

しかもこの後《あと》、さらに追《お》いうちをかけるような出来事《できごと》が僕《ぼく》に起《お》こった。日差《ひざ》しはだいぶかたむき始《はじ》めていたけれど、避難《ひなん》できそうな日陰《ひかげ》もない国道沿《こくどうぞ》いの歩道《ほどう》はかなり暑《あつ》い。ここでずっとバスを待《ま》つのは厳《きび》しいと思《おも》った僕《ぼく》たちは、近《ちか》くのコンビニに移動《いどう》することにした。

いつも自転車《じてんしゃ》で通《とお》っている時《とき》には停留所《ていりゅうじょ》から近《ちか》いと思《おも》っていたけれど、そのコンビニは歩《ある》いてみると意外《いがい》と遠《とお》い場所《ばしょ》にあった。市街地《しがいち》から離《はな》れていくにつれて住宅《じゅうたく》の数《かず》は少《すく》なくなり、そのすき間《ま》を埋《う》めるかのように田《た》んぼの割合《わりあい》が増《ふ》えてくる。高《たか》く伸《の》びた緑《みどり》の稲穂《いなほ》はわずかな風《かぜ》が吹《ふ》いただけでも大《おお》きくゆれて、光《ひかり》の反射《はんしゃ》でさざ波《なみ》のような白《しろ》い波紋《はもん》を描《えが》く。オレンジに染《そ》まり始《はじ》めた空《そら》の向《む》こうには大《おお》きな鉄塔《てっとう》のシルエットがそびえていて、薄暗《うすぐら》い夕方《ゆうがた》の空《そら》の下《した》で赤《あか》いライトをゆっくりと点滅《てんめつ》させている。

結局《けっきょく》コンビニに着《つ》くまでに、十分以上《ぷんいじょう》もかかってしまった。戻《もど》るのに同《おな》じくらいの時間《じかん》がかかることを考《かんが》えたら、ここにいられる時間《じかん》はあまり長《なが》くはない。それでもクーラーのきいた涼《すず》しい場所《ばしょ》で少《すこ》しでも休《やす》めるのは、今《いま》の僕《ぼく》たちにとってはすごく助《たす》かることだった。

はやる気持《きも》ちをおさえながら駐車場《ちゅうしゃじょう》を歩《ある》いていると、ふと見覚《みおぼ》えのある自転車《じてんしゃ》が映《うつ》った。青《あお》いフレームの子《こ》ども用《よう》のマウンテンバイク。ハンドルには変則用《へんそくよう》のギアがあり、前《まえ》には小《ちい》さなカゴも付《つ》いている。僕《ぼく》くらいの年頃《としごろ》の男子《だんし》がよく乗《の》っているタイプのやつだ。

決《けっ》して珍《めずら》しい形《かたち》ではないけれど、僕《ぼく》はそれを見《み》たとたんに、これと同《おな》じ自転車《じてんしゃ》に乗《の》っている知《し》り合《あ》いの顔《かお》が浮《う》かんでドキリとした。そして入《い》り口《ぐち》の方《ほう》に目《め》をやれば、開《あ》いた自動《じどう》ドアからイメージしていた通《とお》りの顔《かお》が現《あらわ》れた。

キリっと整《ととの》ったスポーツ刈《が》りの頭《あたま》に、昔《むかし》のスポ根《こん》マンガの主人公《しゅじんこう》のようなぶっとい眉毛《まゆげ》。その下《した》の目《め》が僕《ぼく》をとらえると、ソイツははっと驚《おどろ》いた顔《かお》をした。

「あれっ？　悠人《はると》じゃん！」

「……よう」

この男子《だんし》の名前《なまえ》は平畑雄真《ひらはたゆうま》。隣《となり》の地区《ちく》の小学校《しょうがっこう》に通《かよ》う六年生《ねんせい》だ。友《とも》だちといえるかどうか微妙《びみょう》な仲《なか》だけれど、いつも夏《なつ》になると市内《しない》の水泳記録会《すいえいきろくかい》に向《む》けて同《おな》じプールで練習《れんしゅう》するから、話《はな》す機会《きかい》は多《おお》い。

雄真《ゆうま》は右手《みぎて》に円錐形《えんすいけい》のプールバッグを提《さ》げている。どうやら、これから市街地《しがいち》の方《ほう》にあるスイミングクラブに練習《れんしゅう》に行《い》くようだ。午前中《ごぜんちゅう》も僕《ぼく》と学校《がっこう》のプールで練習《れんしゅう》していたのに。

雄真《ゆうま》はこんな場所《ばしょ》で僕《ぼく》と遭遇《そうぐう》したことを不思議《ふしぎ》に思《おも》ったらしく、こっちの状況《じょうきょう》を探《さぐ》るように僕《ぼく》の周《まわ》りに目《め》をやった。そして近《ちか》くで僕《ぼく》たちの様子《ようす》を心配《しんぱい》そうにながめているリツキに気《き》がつくと、急《きゅう》に険《けわ》しい眼差《まなざ》しをこっちに向《む》けてきた。雄真《ゆうま》がとんでもない誤解《ごかい》をしていることに気《き》がついたけれど、こんな時《とき》にどんなことを言《い》えばいいのか思《おも》い浮《う》かばない。

「お前《まえ》、何《なに》やってるんだよ？」

「ぶ、ブルーラリーだよ」

僕《ぼく》がおずおず答《こた》えると、雄真《ゆうま》の顔《かお》がキョトンとなる。するとミキノリが僕《ぼく》たちの間《あいだ》に割《わ》りこんできて、「これだよ！　ほら！」と言《い》ってパスケースを見《み》せてきた。

二つのスタンプが押《お》されたカードを見《み》た雄真《ゆうま》の表情《ひょうじょう》がみるみるこわばり、僕《ぼく》をキッとにらみつけた。

「おい……お前《まえ》もこんなのやってるのかよ？」

僕《ぼく》は雄真《ゆうま》の目《め》を見《み》ずに、小《ちい》さくうなずいた。

「マジかよ。どうしてこんな時《とき》に……」

あきれている雄真《ゆうま》の言葉《ことば》が、心《こころ》の中《なか》の自分《じぶん》の声《こえ》と重《かさ》なった。

「まさか、勝負《しょうぶ》を捨《す》てるのか？」

「そうじゃない。でも、仕方《しかた》ないんだよ」

なぜか雄真《ゆうま》に言《い》いわけをしているような気分《きぶん》だった。少《すこ》し話《はな》すだけでも弱々《よわよわ》しい声《こえ》になってしまう自分《じぶん》が情《なさ》けない。

そんな僕《ぼく》の言葉《ことば》をどう受《う》け止《と》めたのか、雄真《ゆうま》は「ふうん」としらけた声《こえ》を返《かえ》すと、くるりと背《せ》を向《む》けて歩《ある》き始《はじ》める。左手《ひだりて》に持《も》ったコンビニ袋《ぶくろ》に、カロリーメイトの黄色《きいろ》い箱《はこ》がうっすらと見《み》えた。

それから僕《ぼく》は、自転車《じてんしゃ》に乗《の》った雄真《ゆうま》が市街地《しがいち》の方《ほう》に去《さ》っていくのをぼうぜんとながめていた。よりにもよって雄真《ゆうま》とはち合《あ》わせするなんて、タイミングが悪《わる》すぎる。

心《こころ》の底《そこ》から湧《わ》いてくる怒《いか》りがリツキに向《む》かった僕《ぼく》は、思《おも》わずリツキをにらみ付《つ》けた。けれど、目《め》が合《あ》った瞬間《しゅんかん》にはっと我《われ》に返《かえ》って、慌《あわ》てて前《まえ》に向《む》き直《なお》ってしまう。この気持《きも》ちをどうしたら良《よ》いのかわからず、ただイライラが心《こころ》に溜《た》まってくるばかりだった。時計《とけい》を見《み》るといつの間《ま》にかバス停《てい》まで戻《もど》らないといけない時間《じかん》が迫《せま》っていて、結局《けっきょく》僕《ぼく》たちは少《すこ》しも涼《すず》まずにバス停《てい》に引《ひ》き返《かえ》すことになった。

僕《ぼく》たちの家《いえ》の敷地《しきち》には二軒《けん》の家《いえ》が立《た》っている。両親《りょうしん》と僕《ぼく》とミキノリが住《す》んでいる家《いえ》と、おじいちゃんとおばあちゃんが住《す》んでいる家《いえ》だ。リツキは豊原《とよはら》にいる間《あいだ》は、おじいちゃんたちの家《いえ》で寝泊《ねと》まりすることになっている。

この日《ひ》の夜《よる》は、おじいちゃんたちの家《いえ》に集《あつ》まってリツキの歓迎会《かんげいかい》をすることになった。

ごちそうと一緒《いっしょ》にお菓子《かし》がテーブルに並《なら》ぶ光景《こうけい》はまるで大晦日《おおみそか》の夜《よる》みたいで、ミキノリはすごく興奮《こうふん》していた。おじいちゃんとおばあちゃんも初《はじ》めて会《あ》うリツキをイトコのユキちゃん（伯母《おば》さんの子《こ》どもである。年《ねん》に一、二回《かい》しか会《あ》えないからなのか、二人はユキちゃんに対《たい》してずいぶんと甘《あま》いのだ）のように可愛《かわい》がっていたし、リツキも「私《わたし》は両親《りょうしん》とマンションに暮《く》らしているから、おじいちゃんとおばあちゃんの家《いえ》がすごく近《ちか》くてうらやましい」と言《い》っていた。だけどずっとこの環境《かんきょう》で生《う》まれ育《そだ》った僕《ぼく》にはマンション暮《ぐ》らしの方《ほう》がうらやましくて、本気《ほんき》でそんなことを言《い》うリツキの気持《きも》ちがわからなかった。

食事《しょくじ》が終《お》わって、お父《とう》さんたちの質問攻撃《しつもんこうげき》も落《お》ち着《つ》くと、リツキが伯母《おば》さんから習《なら》っているピアノの腕《うで》を披露《ひろう》してくれることになった。

ここはお父《とう》さんと伯母《おば》さんが小《ちい》さい頃《ころ》に住《す》んでいた家《いえ》でもあり、リツキが泊《と》まる伯母《おば》さんの部屋《へや》には昔使《むかしつか》っていたピアノがそのまま残《のこ》っている。僕《ぼく》たちはその部屋《へや》に集《あつ》まって、リツキの演奏《えんそう》を聞《き》くことになったのだった。

ピアノの前《まえ》に立《た》ったリツキは観客《かんきゃく》である僕《ぼく》たちにおじぎをすると、今《いま》までとは別人《べつじん》のように真剣《しんけん》な目《め》つきになって椅子《いす》に座《すわ》った。

リツキは鍵盤《けんばん》に向《む》かい、そのまま演奏《えんそう》を始《はじ》める……かと思《おも》いきや、それからリツキは手《て》を顔《かお》の方《ほう》に持《も》っていき、なぜか自分《じぶん》のメガネを外《はず》してしまった。

そんなことをしたら、鍵盤《けんばん》が見《み》えなくなってしまうんじゃないだろうか。僕《ぼく》たちは心配《しんぱい》になったけれど、リツキは不思議《ふしぎ》なくらい落《お》ち着《つ》いた様子《ようす》だった。それから鍵盤《けんばん》の上《うえ》にそっと手《て》を置《お》き、今度《こんど》こそ演奏《えんそう》を始《はじ》めた。

リツキが演奏《えんそう》したのは、シューマンの「トロイメライ」という曲《きょく》だった。トロイメライはとても有名《ゆうめい》な曲《きょく》らしい。僕《ぼく》は音楽《おんがく》とかピアノについては全然詳《ぜんぜんくわ》しくないけれど、そのメロディーだけはよく知《し》っていた。豊原《とよはら》では夕方《ゆうがた》の六時《じ》になると、外《そと》で遊《あそ》んでいる子《こ》どもに帰宅《きたく》をうながすためにこの曲《きょく》が流《なが》れるからだ。だからこの曲《きょく》を聞《き》くと夕方《ゆうがた》の空《そら》や友《とも》だちとの別《わか》れを思《おも》い出《だ》してしんみりした気分《きぶん》になってしまう。

リツキの腕前《うでまえ》はといえば、ものすごく上手《じょうず》だった。リツキのことをほめるのは正直《しょうじき》なんとなく悔《くや》しいけれど、それでも認《みと》めなければならないほど見事《みごと》な演奏《えんそう》だったのだ。

白《しろ》くて細《ほそ》いリツキの十本《ぼん》の指《ゆび》は小魚《こざかな》の群《む》れのようにしなやかに、鍵盤《けんばん》の上《うえ》をひらひらと舞《ま》っていた。自分《じぶん》の意思《いし》があるみたいに。

だけど当《とう》のリツキは、そんなことは無関係《むかんけい》であるかのような表情《ひょうじょう》をしている。メガネを外《はず》したリツキの眼差《まなざ》しはまるで、ここにはない何《なに》かをまっすぐに見《み》つめているようだった。それは一体何《いったいなん》なのだろう……そんなおかしな疑問《ぎもん》が、不思議《ふしぎ》なほど頭《あたま》を離《はな》れなかった。

演奏《えんそう》は三分《ぷん》くらいで終《お》わった。リツキは鍵盤《けんばん》のふたを下《お》ろすと、メガネをかけ直《なお》し、立《た》ち上《あ》がって僕《ぼく》たちにおじぎをする。全員《ぜんいん》が心《こころ》の底《そこ》からの拍手《はくしゅ》を送《おく》る。

「ありがとう！　姉貴《あねき》からすごく才能《さいのう》のある生徒《せいと》だって聞《き》いていたけど、まさかここまで上手《じょうず》だとは思《おも》わなかったよ」

「本当《ほんとう》！　目《め》を閉《と》じて聞《き》いたら、とても小学生《しょうがくせい》の演奏《えんそう》とは思《おも》えなかったわ。これなら一人で芸術祭《げいじゅつさい》のステージに立《た》つのも納得《なっとく》よね」

「あ、ありがとうございます」

お父《とう》さんとお母《かあ》さんにほめられたリツキは耳《みみ》まで真《ま》っ赤《か》にさせて、もう一度深《いちどふか》く頭《あたま》を下《さ》げた。だけどその表情《ひょうじょう》は気《き》のせいか、あまり嬉《うれ》しくはなさそうに見《み》える。

お父《とう》さんが言《い》ったように、リツキは伯母《おば》さんの生徒《せいと》の中《なか》でも抜群《ばつぐん》に優《すぐ》れた演奏力《えんそうりょく》を持《も》っているらしい。その教室《きょうしつ》には音大《おんだい》を目指《めざ》している高校生《こうこうせい》までいるというから、とんでもなくすごいことなんだろう。

お母《かあ》さんが言《い》っていた「市民芸術祭《しみんげいじゅつさい》」というのは、リツキの住《す》んでいる街《まち》で毎年開《まいとしひら》かれている芸術団体《げいじゅつだんたい》やサークルの発表会《はっぴょうかい》のことだ。大人向《おとなむ》けの発表会《はっぴょうかい》に小学生《しょうがくせい》が一人でピアノ演奏《えんそう》をするのは前例《ぜんれい》がないことらしいけれど、伯母《おば》さんが特別《とくべつ》に参加《さんか》させてもらうように強《つよ》く頼《たの》んだそうだ。伯母《おば》さんはそれほどリツキの才能《さいのう》を高《たか》く評価《ひょうか》しているということなんだろう。

もしかしたらリツキがブルーラリーのために豊原《とよはら》にやってきたのも、ピアノや芸術祭《げいじゅつさい》と関係《かんけい》があるのかもしれない。そんな気《き》がしたけれど、僕《ぼく》にはそんな真実《しんじつ》なんてどうでもいい。ピアノも芸術祭《げいじゅつさい》もリツキの才能《さいのう》も……リツキに関係《かんけい》のあることは何《なに》もかも、今《いま》の僕《ぼく》には考《かんが》える気《き》になれなかった。

演奏《えんそう》が終《お》わると、みんな歓迎会《かんげいかい》の続《つづ》きをするためにリビングへ戻《もど》っていった。だけど僕《ぼく》はお母《かあ》さんに「もう寝《ね》るから」とだけ言《い》って、一人で先《さき》に帰《かえ》ることにした。

でもその前《まえ》に、一つだけやらなければいけないことがあった。僕《ぼく》は廊下《ろうか》を歩《ある》くリツキを呼《よ》び止《と》め、ぶっきらぼうに用件《ようけん》を伝《つた》えた。

「言《い》っとくけど、明日《あした》の出発《しゅっぱつ》も午後《ごご》だから」

「え、どうして？」

ふり返《かえ》ったリツキが目《め》を丸《まる》くして聞《き》いてくる。やっぱり、リツキの目《め》を正面《しょうめん》から見《み》るのはきつい。僕《ぼく》は壁《かべ》の方《ほう》を向《む》いて、うっとうしげに床《ゆか》を蹴《け》る仕草《しぐさ》をしながら返事《へんじ》をする。

「水泳《すいえい》の記録会《きろくかい》があるんだよ」

「……そのための練習《れんしゅう》をしているってこと？」

投《な》げやりで言葉足《ことばた》らずだった僕《ぼく》の説明《せつめい》に、リツキは少《すこ》し考《かんが》えてから聞《き》き返《かえ》す。僕《ぼく》はリツキとは別《べつ》の方向《ほうこう》を向《む》いたままうなずいた。

「そういうことだから。おやすみ」

僕《ぼく》はリツキの返事《へんじ》も聞《き》かないまま玄関《げんかん》に向《む》かい、さっさと家《いえ》を出《で》ていってしまった。だけど家《いえ》を出《で》て歩《ある》き始《はじ》めてすぐに、玄関《げんかん》の引《ひ》き戸《ど》がガラガラ！と勢《いきお》いよく開《ひら》く音《おと》がした。そしてすぐに「ごめん！　待《ま》って！」とリツキの強《つよ》い声《こえ》に呼《よ》び止《と》められた。

「ねえ、ハルト君《くん》」

「何《なん》だよ」

「さっきコンビニの入《い》り口《ぐち》で、男《おとこ》の子《こ》と何《なに》か話《はな》してたよね？　勝負《しょうぶ》って言《い》ってたけど、もしかしてその記録会《きろくかい》のこと？　あの男《おとこ》の子《こ》、プールに行《い》くみたいだったけど……」

「お前《まえ》になんて教《おし》えねえよ。関係《かんけい》ないだろ」

何秒間《なんびょうかん》かの沈黙《ちんもく》があった後《あと》、「ごめん」とシュンとした声《こえ》が返《かえ》ってくる。

「すごく心配《しんぱい》になっちゃったの。私《わたし》がこんな時期《じき》にここに来《き》たせいで、ハルト君《くん》の練習《れんしゅう》の時間《じかん》をとっちゃったんじゃないかって」

その言葉《ことば》を聞《き》いた僕《ぼく》は、むしょうに腹《はら》が立《た》ってしまった。どうしてだろう？　リツキに気《き》をつかわれたというのが、どうしても許《ゆる》せなかったのかもしれない。

そしてつい、言《い》ってはいけない言葉《ことば》を使《つか》ってしまった。

「しょうがねえよ。だって学校《がっこう》で言《い》われてるし。病気《びょうき》の人《ひと》には優《やさ》しくしなさいって」

「病気《びょうき》」と口《くち》に出《だ》した瞬間《しゅんかん》、蒸《む》し暑《あつ》かった夏《なつ》の夜《よる》の空気《くうき》が急速《きゅうそく》に冷《さ》めていくような気《き》がした。

カッとなっていた思考《しこう》が落《お》ち着《つ》いてくるにつれて、激《はげ》しい罪悪感《ざいあくかん》がこみ上《あ》げてくる。

自分《じぶん》がリツキの相手《あいて》をしているのは伯母《おば》さんが怖《こわ》かったからで、リツキを気《き》づかうなんて気持《きも》ちは少《すこ》しもなかった。イライラしていた僕《ぼく》は、リツキが傷《きず》つく言葉《ことば》を使《つか》いたくて、わざとそんなことを言《い》ったのだ。つまり僕《ぼく》は、うそをついてまでリツキを傷《きず》つけてしまったのだ。

しばらく時間《じかん》が経《た》っても、リツキの声《こえ》は返《かえ》ってこなかった。庭《にわ》の植木《うえき》がざわざわと不穏《ふおん》な音《おと》をたて、冷《つめ》たい夜風《よかぜ》が僕《ぼく》の肌《はだ》をさす。

リツキがどんな顔《かお》をしているのか心配《しんぱい》になったけれど、僕《ぼく》はふり返《かえ》ることができなかった。それは今《いま》までで一番《いちばん》、リツキの顔《かお》を見《み》るのがつらいと思《おも》う瞬間《しゅんかん》だった。

結局《けっきょく》、僕《ぼく》はこの場《ば》の重苦《おもくる》しさに耐《た》えることができずに家《いえ》に向《む》かって走《はし》り出《だ》した。決《けっ》してリツキを見《み》ないようにして。

旅《たび》の一日目《め》は、こうして終《お》わってしまった。

3　二日目《め》

次《つぎ》の日《ひ》。僕《ぼく》は全身《ぜんしん》にまとわりついてくる「青《あお》」の中《なか》でもがいていた。

ゴーグルを通《とお》して見《み》える世界《せかい》はすべて、うっすらとした青色《あおいろ》をおびている。本当《ほんとう》は透明《とうめい》であるはずの水《みず》も、下手《へた》くそなストロークのたびにどばっと顔《かお》をおおってくるたくさんの泡《あわ》も、すごく遠《とお》くに見《み》えるゴールの壁《かべ》の赤《あか》いラインも、隣《となり》のコースを泳《およ》ぐ雄真《ゆうま》の姿《すがた》も。

すーっと遠《とお》ざかっていく雄真《ゆうま》のつま先《さき》を見《み》た僕《ぼく》は、あいつに完全《かんぜん》に負《ま》けたと確信《かくしん》した。それはこの時《とき》に限《かぎ》った話《はなし》じゃなくて、今度《こんど》の記録会《きろくかい》でも……という意味《いみ》だ。

僕《ぼく》は、四日後《ごご》に迫《せま》った記録会《きろくかい》に向《む》けて学校《がっこう》のプールで練習《れんしゅう》をしていた。

五〇メートルのクロールで隣《となり》の選手《せんしゅ》の姿《すがた》が見《み》えているということは、その相手《あいて》との間《あいだ》に決定的《けっていてき》な力《ちから》の差《さ》をつけられていることを示《しめ》している。それはコンディションや偶然《ぐうぜん》、そして一週間《しゅうかん》の努力《どりょく》なんかではひっくり返《かえ》ることのない、ほとんど絶望的《ぜつぼうてき》といえる差《さ》だった。

思《おも》い返《かえ》せば去年《きょねん》の記録会《きろくかい》の時《とき》は、僕《ぼく》と雄真《ゆうま》はまったく逆《ぎゃく》の立場《たちば》だった。雄真《ゆうま》は去年《きょねん》もかなり速《はや》かったけれど、はっきり言《い》って僕《ぼく》はそれ以上《いじょう》だった。僕《ぼく》がゴールの壁《かべ》にタッチして後《うし》ろを向《む》いても雄真《ゆうま》がまだ泳《およ》いでいるほどだったし、案《あん》の定《じょう》、記録会《きろくかい》でも僕《ぼく》がすごい差《さ》を付《つ》けて雄真《ゆうま》に勝《か》つと、彼《かれ》はくやしがって「来年《らいねん》は絶対《ぜったい》に勝《か》つからな！」と宣言《せんげん》して、次《つぎ》の夏《なつ》にまた会《あ》うことを約束《やくそく》したのだ。

しかし、それから一年……再会《さいかい》した僕《ぼく》はどうしようもないスランプに悩《なや》まされていて、クロールの泳《およ》ぎ方《かた》さえあやふやになっているほどだった。初《はじ》めて一緒《いっしょ》にタイムを測《はか》った時《とき》、あっさり僕《ぼく》に勝《か》ってしまった雄真《ゆうま》の顔《かお》に表《あらわ》れていた感情《かんじょう》は、喜《よろこ》びではなく失望《しつぼう》だった。

雄真《ゆうま》はこの一年間《ねんかん》、僕《ぼく》に勝《か》つためにすごく努力《どりょく》をしたらしい。週《しゅう》に一回《かい》だけだったスイミングスクールを三回《さんかい》に増《ふ》やし、数《すう》か月後《ご》には優《すぐ》れた生徒《せいと》だけが入《はい》れる特別育成《とくべついくせい》コースに上《あ》がったという。去年《きょねん》は耳《みみ》が隠《かく》れるほど長《なが》かった髪《かみ》も気合《きあい》の入《はい》ったスポーツ刈《か》りに変《か》わっていて、僕《ぼく》も今年《ことし》の雄真《ゆうま》を一目見《ひとめみ》た瞬間《しゅんかん》からあいつの本気《ほんき》を感《かん》じ取《と》っていた。それだけに、雄真《ゆうま》はあまりに不甲斐《ふがい》ない今《いま》の僕《ぼく》が許《ゆる》せなかったのかもしれない。ひょっとしたら僕以上《ぼくいじょう》に。

僕《ぼく》がようやくゴールした時《とき》には、雄真《ゆうま》はもうプールからあがっていた。そして高《たか》い場所《ばしょ》から僕《ぼく》をジロリとにらみつけると、すぐに背中《せなか》を向《む》けて去《さ》っていった。あぜんとしてゴーグルを外《はず》すことを忘《わす》れた僕《ぼく》の目《め》には、大《おお》きな入道雲《にゅうどうぐも》が浮《う》かんだ夏《なつ》の空《そら》、そして雄真《ゆうま》の冷《つめ》たい眼差《まなざ》しまでもが青《あお》く映《うつ》った。「勝負《しょうぶ》を捨《す》てるのか?」。昨日《きのう》の雄真《ゆうま》の言葉《ことば》が、痛烈《つうれつ》な響《ひび》きと一緒《いっしょ》に頭《あたま》の中《なか》によみがえる。

プールからあがってすぐに、練習《れんしゅう》を監督《かんとく》している先生《せんせい》に注意《ちゅうい》されてしまった。

「何度《なんど》泳《およ》いでもダメだなあ。余計《よけい》な所《ところ》に力《ちから》が入《はい》りすぎだ。もう少《すこ》し全身《ぜんしん》の力《ちから》を抜《ぬ》いて、効率《こうりつ》良《よ》く水《みず》をつかむフォームを維持《いじ》しろ! いつも言《い》ってるだろう?」

それは僕《ぼく》だって十分《じゅうぶん》にわかっている。そもそも、少《すこ》し前《まえ》までは考《かんが》えなくてもそんな泳《およ》ぎができたはずだったのに……。

水泳《すいえい》は僕《ぼく》にとって、たった一つ特技《とくぎ》と呼《よ》べるものだった。こんなことになる前《まえ》は、自分《じぶん》にはすごい才能《さいのう》があるんだと絶対的《ぜったいてき》に信《しん》じこんでいたほどだ。

ほかのスポーツは普通《ふつう》だけれど、水泳《すいえい》だけは学校《がっこう》でも一番《いちばん》だって自信《じしん》もある。きっと速《はや》く泳《およ》げるフォームを自然《しぜん》と身《み》に着《つ》けることが上手《じょうず》だったのだろう。

だけど今《いま》ではその逆《ぎゃく》だった。うまく水《みず》をつかむ泳《およ》ぎを意識《いしき》しようとするほど、どこに力《ちから》を使《つか》えばいいのかわからなくなってしまう。今《いま》の僕《ぼく》に打《う》つ手《て》はなく、記録会《きろくかい》が近《ちか》づくごとにあせる気持《きも》ちの中《なか》でもがくばかりだった。

練習《れんしゅう》メニューが全《すべ》て終《お》わると、僕《ぼく》は校舎《こうしゃ》に戻《もど》ろうとしていた先生《せんせい》を呼《よ》び止《と》めた。そして明日《あした》から二日間《かん》、練習《れんしゅう》を休《やす》むことを伝《つた》えた。

「大丈夫《だいじょうぶ》か？　四日後《ご》はもう記録会《きろくかい》だぞ？」

僕《ぼく》の話《はなし》を聞《き》いていた先生《せんせい》はそう言って驚《おどろ》いていたが、「お客《きゃく》さんが来《き》ているので相手《あいて》をしないといけない」と事情《じじょう》を伝《つた》えると納得《なっとく》してくれた。そもそも記録会《きろくかい》そのものが自由参加《じゆうさんか》だし、本当《ほんとう》は練習《れんしゅう》を休《やす》むことを伝《つた》える必要《ひつよう》もないのだけれど。

だけど記録会《きろくかい》までに今《いま》の状態《じょうたい》を抜《ぬ》け出《だ》したかった僕《ぼく》にとって、二日も休《やす》むというのはかなりつらい選択《せんたく》だった。次《つぎ》にプールに入《はい》るのは記録会《きろくかい》の前日《ぜんじつ》ということになるのだから、本当《ほんとう》に絶望的《ぜつぼうてき》だというほかない。

だけど僕《ぼく》にはどうしようもなかった。あと二日間《かん》でブルーラリーを終《お》わらせることを考《かんが》えたら、明日《あした》だけは一日全《すべ》てを旅《たび》にあてないと間《ま》に合《あ》わないだろう。その次《つぎ》の日《ひ》はもうリッキが帰《かえ》るから、午前中《ごぜんちゅう》しか使《つか》えないと思《おも》った方《ほう》がいい。

リツキさえ来《こ》なかったら……もう何度目《なんどめ》かもわからない恨《うら》みごとを心《こころ》の中《なか》でつぶやく。だけど昨日《きのう》リツキに言《い》ったことを思《おも》い出《だ》すと、これだけでも罪悪感《ざいあくかん》がこみ上《あ》げてくる。

プールサイドはいつの間《ま》にか僕《ぼく》一人になっていた。先生《せんせい》は僕《ぼく》の話《はなし》を聞《き》くとすぐにプールを出《で》ていったし、ほかの子《こ》もみんな練習《れんしゅう》を終《お》えている。雄真《ゆうま》がいないことにほっとしてしまう自分《じぶん》が悲《かな》しいほど情《なさ》けないと思《おも》った。

うつむいた僕《ぼく》の視線《しせん》が、ふと右手《みぎて》ににぎりしめていたゴーグルにくぎづけになった。

それはスイミングスクールのクラスが上級《じょうきゅう》に進《すす》んだ時《とき》にお母《かあ》さんが買《か》ってくれたもので、もう三年くらい同《おな》じものを使《つか》っている。

緑《みどり》や黒《くろ》、透明《とうめい》、黄色《きいろ》……たくさんの色《いろ》があるレンズの中《なか》で迷《まよ》わず青《あお》に決《き》めたのは、水《みず》の中《なか》がこのレンズと同《おな》じようにキレイな青《あお》だったら、泳《およ》いでいて気持《きも》ちがいいかもしれないと何《なん》となく考《かんが》えたからだった。初《はじ》めてこれをつけて水《みず》に入《はい》った時《とき》は、思《おも》っていた以上《いじょう》に水《みず》の中《なか》が美《うつく》しく見《み》えたのに感動《かんどう》した。

水《みず》の中《なか》だけじゃない。あお向《む》けに浮《う》かんで空《そら》を見上《みあ》げた時《とき》、さっきよりずっと鮮《あざ》やかに映《うつ》る空《そら》に見《み》とれてしばらく水《みず》に浮《う》いていたほどだった。あの頃《ころ》の僕《ぼく》にとってはそれくらい新鮮《しんせん》で、すばらしいと思《おも》えた体験《たいけん》だったのだ。

そんな何年《なんねん》も前《まえ》のことを急《きゅう》に思《おも》い出《だ》した理由《りゆう》ははっきりしている。今《いま》の僕《ぼく》が再《ふたた》び、全《すべ》てが青《あお》く染《そ》まった景色《けしき》を意識《いしき》するようになったからだ。でもそれは昔《むかし》とは正反対《せいはんたい》の、「重苦《おもくる》しさ」

という感情《かんじょう》を呼《よ》びおこすものだった。

学校《がっこう》から帰《かえ》ると、二軒《けん》の家《いえ》の中《なか》はやけにがらんとしていた。

お父《とう》さんとお母《かあ》さん、おじいちゃんは仕事《しごと》だから、いないのは当然《とうぜん》だ。おばあちゃんも今日《きょう》は地区《ちく》の婦人会《ふじんかい》の集《あつ》まりがあると言《い》っていたから、出《で》かけてまだ帰《かえ》っていないのだろう。

おかしいと感《かん》じたのは、僕《ぼく》の帰《かえ》りを待《ま》っているはずのリツキとミキノリまでいないことだった。

僕《ぼく》は海《かい》パンとバスタオルを洗濯機《せんたくき》の中《なか》に放《ほう》りこむと、二軒《けん》の家《いえ》を何度《なんど》も往復《おうふく》して二人の姿《すがた》を探《さが》した。だけどどこを探《さが》してもその姿《すがた》はなく、代《か》わりに僕《ぼく》の家《いえ》のテーブルの上《うえ》に、一枚《まい》の書《か》き置《お》きを発見《はっけん》した。

ミキノリが書《か》いたにしてはあまりにキレイで、大人《おとな》にしてはどことなく丸《まる》っこい感《かん》じの文字《も》《じ》。間違《まちが》いなくリツキが書《か》いたものだ。

ハルト君《くん》へ

昨日《きのう》はどうもありがとう。水泳《すいえい》の練習《れんしゅう》もあるのに、めいわくをかけてしまってごめんなさい。これ以上時間《いじょうじかん》を使《つか》わせてしまうのは申《もう》しわけない気《き》がしたので、今日《きょう》からはミキノリ君《くん》と二人で旅《たび》をしようと思《おも》います。豊原《とよはら》のことはあまりわからないし、ちょっと不安《ふあん》だけど、ルールブックを見《み》ながら行《い》けば何《なん》とかなると思《おも》います。これからは私《わたし》のことなんて気《き》にしないで、記録会《きろくかい》に向《む》けてがんばってください。それでは行《い》ってきます。

律姫《りっき》

「なんだよ、それ……」

読《よ》み終《お》えた僕《ぼく》は、思《おも》わず声《こえ》に出《だ》してつぶやいた。それくらいぼうぜんとなっていたのだ。

リツキが僕《ぼく》に気《き》をつかってくれたのはわかる。だけどもう練習《れんしゅう》を休《やす》むことを伝《つた》え、しぶしぶだけれど覚悟《かくご》も決《き》めていた僕《ぼく》にとっては、突然《とつぜん》のリツキの判断《はんだん》は勝手《かって》なものにしか思《おも》えなかった。

最初《さいしょ》はそのことに対《たい》して怒《いか》りを感《かん》じるばかりだった。だけど時間《じかん》が経《た》つにつれて、別《べつ》の考《かんが》えも浮《う》かんでくる。

「リツキが昨日《きのう》の言葉《ことば》を気《き》にしていて、僕《ぼく》を避《さ》けようとしているんじゃないか」と。

そう考《かんが》えたら、僕《ぼく》はいてもたってもいられなくなった。お母《かあ》さんが用意《ようい》してくれた焼《や》きそばを急《いそ》いで食《た》べ終《お》えると（なぜかリツキとミキノリのぶんはきれいになくなっていた）、半《はん》ズボンのポケットにフリー乗車券《じょうしゃけん》とパスケースを入《い》れて家《いえ》を飛《と》び出《だ》した。

運良《うんよ》くちょうど到着《とうちゃく》したバスに乗《の》ると、三番目《ばんめ》のポイントである「杉宮《すぎのみや》」という停留所《ていりゅうじょ》へ向《む》かう。早《はや》く二人と合流《ごうりゅう》したかった僕《ぼく》は、ここでの課題《かだい》が昨日《きのう》のように時間《じかん》がかかるものであることを期待《きたい》した。

三番目《ばんめ》のポイントは国道沿《こくどうぞ》いの中古車《ちゅうこしゃ》センターだった。入《い》り口《ぐち》のそばに立《た》っていたスーツ姿《すがた》の店員《てんいん》さんにブルーラリーをしていることを伝《つた》えると、すぐに「3」のスタンプを押《お》してくれた。ここは来《く》るだけでもスタンプを押《お》してもらえる、普通《ふつう》なら「当《あ》たり」だと思《おも》えたはずのポイントだったようだ。

僕《ぼく》はその店員《てんいん》さんに、小学校高学年《しょうがっこうこうがくねん》の女《おんな》の子《こ》と低学年《ていがくねん》の男《おとこ》の子《こ》が来《こ》なかったか聞《き》いてみる。すると、二時間《じかん》くらい前《まえ》にそんな二人組《ぐみ》が来《き》たという返事《へんじ》が返《かえ》ってきた。

二時間前《じかんまえ》……それを聞《き》いた僕《ぼく》はあぜんとなった。思《おも》っていた以上《いじょう》に二人との差《さ》が開《ひら》いてしまっている。

店員《てんいん》さんにお礼《れい》を言《い》い、あわてて海水浴場《かいすいよくじょう》方面《ほうめん》のバス停《てい》に向《む》かう。だけど今度《こんど》のバスは十五分先《ふんさき》。僕《ぼく》は暑《あつ》さに耐《た》えつつ、イライラしながら待《ま》たないといけなかった。

いっそ次《つぎ》のポイントを飛《と》ばして、なるべく早《はや》く二人に追《お》いつこうか……やっと到着《とうちゃく》したバスの中《なか》でそんな考《かんが》えがよぎったけれど、次《つぎ》のポイントの「奥波田駅前《おうはたえきまえ》」という停留所《ていりゅうじょ》に着《つ》くと、結局《けっきょく》降《お》りてしまった。二人に合流《ごうりゅう》しても、ちゃんとスタンプを集《あつ》めていないと追《お》いついたことにならないような気《き》がしたのだ。しぶしぶ付《つ》きそっているつもりだったのに、いつの間《ま》にかちゃんとブルーラリーに参加《さんか》している自分《じぶん》が何《なん》だかおかしい。

奥波田《おうはた》はホームだけのこぢんまりした駅《えき》だけれど、周辺《しゅうへん》は住宅地《じゅうたくち》になっていた。ポイントになっている「来夢《らいむ》♪来人《らいと》」という変《か》わった名前《なまえ》の飲食店《いんしょくてん》は、この住宅地《じゅうたくち》の中《なか》にあるらしい。ルールブックのシンプルな地図《ちず》をたよりに住宅地《じゅうたくち》の中《なか》を歩《ある》き回《まわ》り、やっと「来夢《らいむ》♪来人《らいと》」を見《み》つけた。だけどその外観《がいかん》を目《め》にした僕《ぼく》は、入《い》り口《ぐち》の前《まえ》で立《た》ちつくしてしまう。

周《まわ》りとほとんど変《か》わらない一軒家《いっけんや》のドアの横《よこ》に長方形《ちょうほうけい》の看板《かんばん》が付《つ》いている。「来夢《らいむ》♪来《らい》人《と》」と紫色《むらさきいろ》で書《か》かれた店名《てんめい》の上《うえ》には、小《ち》さく「スナック」という文字《もじ》があった。

僕《ぼく》はその「スナック」という言葉《ことば》にたちまち緊張《きんちょう》した。古《ふる》いドラマの再放送《さいほうそう》を見《み》ていた時《とき》に初《はじ》めてその言葉《ことば》を聞《き》いて、おじいちゃんに「大人《おとな》の人《ひと》が夜《よる》にお酒《さけ》を飲《の》む所《ところ》」と教《おし》えてもらったことがある。それを聞《き》いた僕《ぼく》は、自分《じぶん》みたいな子《こ》どもが近《ちか》づいちゃいけない場所《ばしょ》なんだと思《おも》い続《つづ》けていたのだ。

ルールブックを何度《なんど》も見《み》て確《たし》かめたけれど、確《たし》かに四番目《ばんめ》のポイントは「来夢《らいむ》♪来人《らいと》」になっている。こんな場所《ばしょ》をスタンプラリーのポイントに選《えら》んでしまって大丈夫《だいじょうぶ》なのかと心《しん》配《ぱい》になってしまう。というか、リツキたちはこのお店《みせ》を通過《つうか》したんだろうか……。

閉《し》めきられたドアの近《ちか》くには窓《まど》もなく、中《なか》の様子《ようす》は全然《ぜんぜん》わからない。入《はい》ることをためらう僕《ぼく》の中《なか》で、再《ふたた》び「ここを飛《と》ばしてしまおうか」という考《かんが》えがふくらんでくる。だけどその決《けっ》心《しん》もつかず、僕《ぼく》はしばらくドアの近《ちか》くをうろうろと行《い》ったり来《き》たりしていた。

だけどドアに接近《せっきん》した時《とき》、僕《ぼく》はふと動《うご》きを止《と》めた。ドアの向《む》こうから聞《き》き覚《おぼ》えのあるメロディー、そして聞《き》き覚《おぼ》えのある声《こえ》がかすかに聞《き》こえてきたのだ。僕《ぼく》は覚悟《かくご》を決《き》めて、おそるおそるドアのノブをつかんだ。

そーっとドアをひくと、聞《き》こえていた音《おと》がぐっと大《おお》きくなる。流《なが》れているのは、クラスの女子《じょし》の間《あいだ》でも人気《にんき》のアイドルグループの最新曲《さいしんきょく》だった。それに合《あ》わせて聞《き》こえてくる歌声《うたごえ》は……まさか……。

すき間《ま》から店内《てんない》の様子《ようす》をのぞいた僕《ぼく》は、再《ふたた》び硬直《こうちょく》してしまった。

奥《おく》に向《む》かって細長《ほそなが》く延《の》びた店内《てんない》には、長《なが》いカウンター席《せき》が一つだけ。そこには三人《にん》のおばさんが座《すわ》っている。おばさんたちは奥《おく》に向《む》かって手拍子《てびょうし》を打《う》ち、やけに威勢《いせい》のいい声援《せいえん》を送《おく》っていた。

お店《みせ》の一番奥《いちばんおく》には一畳分《じょうぶん》くらいの小《ちい》さなステージとカラオケがある。そのステージの上《うえ》ではなぜかリツキがマイクをにぎりしめ、例《れい》のアイドルの曲《きょく》を熱唱《ねっしょう》していた。

あぜんとなりながらも、僕《ぼく》はゆっくりとドアを開《あ》けた。するとマイクを持《も》ったリツキが「あ、ハルト君《くん》」と言《い》って固《かた》まった。カウンター席《せき》に座《すわ》っていたおばさんたちもふり返《かえ》って僕《ぼく》を見《み》る。よく見《み》ると、カウンター席《せき》にはおばさんたちの間《あいだ》にはさまれてミキノリも座《すわ》っていた。

「いらっしゃい！　あらあっ、また可愛《かわい》らしいお客《きゃく》さんが来《き》たこと！」

座《すわ》っていたおばさんの一人が立《た》ち上《あ》がり、僕《ぼく》に近《ちか》づいてきた。

紫色《むらさきいろ》のパンチパーマにヒョウ柄《がら》のシャツという、ひときわ強烈《きょうれつ》なインパクトを放《はな》っているこの人《ひと》が、どうやらお店《みせ》の持《も》ち主《ぬし》であるようだ。

「あなたもブルーラリーに来《き》たの？」

おばさんの声《こえ》は優《やさ》しかったが、ヒョウ柄《がら》の迫力《はくりょく》に圧倒《あっとう》されてしまった僕《ぼく》は無言《むごん》でカクカクとうなずいた。

「へえ！　珍《めずら》しいねえ。いつもはブルーラリーに来《く》る子《こ》どもなんて少《すく》ないのに、今日《きょう》だけで二組《くみ》も来《く》るなんて！」

「ちがうんです。私《わたし》たち、もともと一緒《いっしょ》にブルーラリーをやっていたんですよ」

リツキがマイクを使《つか》って訂正《ていせい》すると、おばさんは「えっ？」と目《め》をみはった。

「リツキちゃんたちが来《き》たのは一時間《じかん》も前《まえ》だよ？　どうして一緒《いっしょ》にブルーラリーをやっているはずの子《こ》が、こんなに遅《おく》れて来《く》るの？」

「それは……ええっと……色々《いろいろ》、ありまして」

いきなり聞《き》かれた僕《ぼく》は混乱《こんらん》して、しどろもどろにそんな返事《へんじ》をしてしまう。カウンターに座《すわ》るおばさんの一人が「色々《いろいろ》だって！　子《こ》どもにも色々《いろいろ》あんのねえ！」と言《い》って笑《わら》った。

それから僕《ぼく》もカウンター席《せき》をすすめられて、何《なに》が何《なに》やらわからないままミキノリの隣《となり》に座《すわ》った。カウンターにはジュースの入《はい》った大《おお》きなグラスと一緒《いっしょ》に色々《いろいろ》な料理《りょうり》が並《なら》んでいる。その中《なか》にはなぜか、うちで使《つか》っている弁当箱《べんとうばこ》が二つあった。

「兄《にい》ちゃん、おっす！」

「おっす、じゃない！　どうしてここにうちの弁当箱《べんとうばこ》があるんだよ？」

「ハルトくんのお母《かあ》さんが用意《ようい》してくれた焼《や》きそばをお弁当《べんとう》にして持《も》ってきたの。旅の途《と》中《ちゅう》で食《た》べられるように、って」

僕《ぼく》がミキノリに質問《しつもん》すると、リツキがまたステージ上《じょう》から返《かえ》してくる。どうやら曲《きょく》の間奏《かんそう》中《ちゅう》だったようだ。ノリノリで歌《うた》っているリツキの姿《すがた》には、昨日《きのう》のことを気《き》にしている様子《ようす》は少《すこ》しも感《かん》じられない。

それから僕《ぼく》はヒョウ柄《がら》のおばさんに質問《しつもん》して、いくつかの疑問《ぎもん》を解消《かいしょう》することができた。このお店《みせ》は確《たし》かに夜《よる》はスナックだけれど、お昼《ひる》は近所《きんじょ》のおばさんたちがカラオケ教室《きょうしつ》として使《つか》っている、非常《ひじょう》に健全《けんぜん》なお店《みせ》（インパクトはすごいけれど）であるという。ここが四番目《ばんめ》のポイントになっているのは、近所《きんじょ》に住《す》む豊原交通《とよはらこうつう》の社員《しゃいん》さんがこのお店《みせ》の常連《じょうれん》だった縁《えん》で、見《み》どころの少《すく》ないこの地域《ちいき》のポイントとしてこの場所《ばしょ》を提供《ていきょう》したからなんだそうだ。

僕《ぼく》からリードしていた二時間《じかん》の間《あいだ》、リツキたちはここのおばさんたちとずいぶん楽《たの》しく過《す》ごしていたようだ。それはカウンターに並《なら》んでいるたくさんの料理《りょうり》や、ここの空気《くうき》にやけになじんでいる二人の様子《ようす》を見《み》てもわかる。僕《ぼく》は歌《うた》い終《お》わっておばさんたちの拍手《はくしゅ》を浴《あ》びるリツキを半分《はんぶん》あきれるように、もう半分《はんぶん》は腹立《はらだ》たしい思《おも》いでながめていた。

そうしていると、ヒョウ柄《がら》のおばさんが選曲《せんきょく》をするためのタッチペンのついた機械《きかい》を僕《ぼく》の前《まえ》に置《お》いた。

「はい。次《つぎ》は君《きみ》の番《ばん》」

「え……ど、どういうことですか？」

「それがこのポイントの課題《かだい》なの。ブルーラリーにちなんで、タイトルに『青《あお》』っていう文字《もじ》のついた歌《うた》を一曲以上歌《きょくいじょううた》うんだって。私《わたし》たちはここに来《き》てすぐに歌《うた》っちゃったけど」

カウンター席《せき》に戻《もど》ってきたリツキは僕《ぼく》に説明《せつめい》すると、グラスの中《なか》のコーラをおいしそうにぐびぐびと飲《の》み始《はじ》めた。歌《うた》い終《お》えたリツキの横顔《よこがお》は晴《は》れ晴《ば》れとしていて、何《なん》だかすごく楽《たの》しそうだ。そんなリツキを見《み》ていると、僕《ぼく》は逆《ぎゃく》にイライラが増《ま》してくる。

タイトルに「青《あお》」がつく曲《きょく》がすぐに思《おも》いつかなかった僕《ぼく》はしばらく悩《なや》んだ末《すえ》、お父《とう》さんがよくカラオケで歌《うた》っている「青《あお》いイナズマ」という曲《きょく》を選《えら》んだ。

それは僕《ぼく》が生《う》まれる前《まえ》の曲《きょく》だったけれど、お父《とう》さんが歌《うた》っているのを何《なん》となく覚《おぼ》えていたし、どうにかなるんじゃないかと期待《きたい》していた。というか今《いま》の僕《ぼく》はそれ以上《いじょう》に、何《なん》でもいいから早《はや》く歌《うた》ってこの緊張《きんちょう》から抜《ぬ》け出《だ》したいという思《おも》いが強《つよ》かった。

ステージ上《じょう》のテレビ画面《がめん》に曲名《きょくめい》が出《で》ると、おばさんたちは僕《ぼく》の意外《いがい》な選曲《せんきょく》にかなり驚《おどろ》き、なぜかテンションが上《あ》がっていた。僕《ぼく》は覚悟《かくご》を決《き》めてマイクをにぎりしめる。

それからの約五分間《やくふんかん》は、僕《ぼく》にとって地獄《じごく》のような時間《じかん》だった。何《なん》となく歌《うた》えるような気《き》がした「青《あお》いイナズマ」の記憶《きおく》は思《おも》っていた以上《いじょう》にあやふやで、唯一《ゆいいつ》知《し》っていたのはサビの部《ぶ》分《ぶん》の歌詞《かし》とメロディーだけ。それ以外《いがい》はほとんど口《くち》をぽかんと開《あ》けて、流《なが》れる歌詞《かし》をながめているだけになっていた。

すぐに止《と》めてほしいと頼《たの》んだけれど、途中《とちゅう》でやめたらスタンプはもらえないと言《い》われて仕《し》方《かた》なくガマンする。後半《こうはん》はこの歌《うた》をよく知《し》っていたおばさんたちにほとんど歌《うた》ってもらって、やっと終《お》わらせることができた。想像以上《そうぞういじょう》の恥《は》ずかしさで、マイクを返《かえ》す時《とき》には僕《ぼく》の心《こころ》はすっかり折《お》れてしまっていた。

でも、リツキはそんな僕《ぼく》の気持《きも》ちには少《すこ》しも気《き》づかないで、こっちに向《む》かって無邪気《むじゃき》に拍《はく》手《しゅ》を送《おく》ってくる。それを見《み》ていると、リツキのことがますます憎《にく》たらしく思《おも》えてきた。

「4」のスタンプを押《お》してもらうと、僕《ぼく》は二人をせかして、すぐにこの店《みせ》を出《で》た。だけど、三人《にん》で奥波田駅前《おうはたえきまえ》に戻《もど》ってきた僕《ぼく》たちを待《ま》っていたのは、二十分《ぷん》という中途半端《ちゅうとはんぱ》に長《なが》いバス待《ま》ちだった。

「ごめんねハルト君《くん》。練習《れんしゅう》は大丈夫《だいじょうぶ》なの？」

近《ちか》くの住宅《じゅうたく》の日陰《ひかげ》に避難《ひなん》していると、リツキが話《はな》しかけてきた。今《いま》のリツキはさっきのような明《あか》るさはもう影《かげ》をひそめ、僕《ぼく》を気《き》にするように静《しず》かな声《こえ》でたずねてくる。

だけど僕《ぼく》にとっては「何《なに》を今《いま》さら……」という感《かん》じだった。さっきはあんなに調子《ちょうし》に乗《の》って歌《うた》っていたくせに、今《いま》ごろ気《き》にされたって全然嬉《ぜんぜんうれ》しくない。

そんな気持《きも》ちが表《おもて》に出《で》た僕《ぼく》は、小《ちい》さい子《こ》どもがすねるように「別《べっ》に」とぶっきらぼうな声《こえ》で返事《へんじ》をした。

だけどリツキは僕《ぼく》の気持《きも》ちを知《し》らず、素直《すなお》にほほ笑《え》んで「ありがとう」なんてお礼《れい》を言《い》ってきた。

「そう言《い》ってくれて良《よ》かった。やっぱり二人だけだと、ちょっと寂《さび》しかったんだ」

心《こころ》の底《そこ》から言《い》っているのがハッキリとわかる、本当《ほんとう》に嬉《うれ》しそうなリツキの声《こえ》。申《もう》しわけない気持《きも》ちになってほしかった僕《ぼく》は、そんなリツキの反応《はんのう》に正直《しょうじき》がっかりした。

腹《はら》を立《た》てているのを悟《さと》られないように下《した》を向《む》いていると、リツキが急《きゅう》に「あ！」と声《こえ》をあげ、今来《いまき》た方向《ほうこう》に走《はし》り出《だ》す。

「どうしたの？」

「カバン！　さっきのお店《みせ》に忘《わす》れちゃった！」

リツキはそう言《い》い残《のこ》すと曲《ま》がり角《かど》に消《き》えていった。

そのとたん、住宅地《じゅうたくち》の景色《けしき》が急《きゅう》にがらんと静《しず》まり返《かえ》る。ようしゃなく響《ひび》くセミの声《こえ》が、ますます僕《ぼく》の神経《しんけい》を逆《さか》なでしてくる。その音《おと》をしばらく聞《き》いているうちに、心《こころ》の中《なか》で「ぷつん」と何《なに》かが切《き》れた。

「なんなんだよ！　リツキのヤツ！」

僕《ぼく》が急《きゅう》に叫《さけ》んだので、駅前《えきまえ》のフェンスに寄《よ》りかかっていたミキノリがびっくりしてこっちを見《み》た。

「マジで意味《いみ》わかんねえ！　アイツ、一体何《いったいなに》しに来《き》たんだよ？　一緒《いっしょ》にいるだけでこっちは色々気《いろいろき》をつかうし、迷惑《めいわく》だってことも知《し》らないで！」

僕《ぼく》はセミの声《こえ》を押《お》しのけるように、住宅地《じゅうたくち》に激《はげ》しい声《こえ》を響《ひび》かせた。大《おお》きな夏《なつ》の空《そら》に、僕《ぼく》の吐《は》き出《だ》す真《ま》っ黒《くろ》な怒《いか》りが吸《す》いこまれていく。

「病気《びょうき》のくせに、何《なに》がブルーラリーだよ！　調子《ちょうし》に乗《の》るな！」

気持《きも》ちがたかぶってすっかり冷静《れいせい》じゃなくなっていた僕《ぼく》は、再《ふたた》び「病気《びょうき》」と叫《さけ》んでしまう。

するとミキノリが、「兄《にい》ちゃん！」と鋭《するど》い声《こえ》をあげた。

はっとしてふり返《かえ》ると、ミキノリはこっちにずんずんと歩《あゆ》み寄《よ》ってきた。僕《ぼく》をまっすぐにらみつけながら。

今《いま》まで見《み》たことのないミキノリの表情《ひょうじょう》に、僕《ぼく》は反射的《はんしゃてき》にひるんでしまう。ミキノリを怒《おこ》らせたことは今《いま》までに何度《なんど》もあったけれど、こんなふうに真剣《しんけん》に、僕《ぼく》の目《め》をまっすぐに見《み》つめてきたことは一度《いちど》もなかった。

静《しず》かに怒《いか》りを燃《も》やしている眼差《まなざ》し……そんな感《かん》じだった。それだけで子《こ》どもっぽかったミキノリが、もう何歳《なんさい》も成長《せいちょう》したように見《み》える。

「リツキはびょうきじゃない」

僕《ぼく》の近《ちか》くへ来《き》たミキノリが、静《しず》かに、だけど僕《ぼく》の耳《みみ》にはっきりと響《ひび》く声《こえ》で言《い》った。

「な、何言《なにい》ってるんだよ。どう考《かんが》えたって病気《びょうき》だろう？　青《あお》が見《み》えないって言《い》ってるんだし、それで大《おお》きな病院《びょういん》にも通《かよ》ってるんだから」

普通《ふつう》じゃないミキノリの迫力《はくりょく》に戸惑《とまど》いながらも、反発《はんぱつ》されて怒《いか》りが燃《も》え上《あ》がってきた僕《ぼく》も言《い》い返《かえ》す。するとまた「ちがう」と、ミキノリがしっかりした声《こえ》でそれをさえぎった。

「リツキは青《あお》がみえない。だけど、びょうきじゃない」

「は？　意味《いみ》がわかんない。ちゃんと説明《せつめい》しろよ」

「リツキは、今日《きょう》の雲《くも》のかたちをしってた」

ミキノリはそう言《い》って、駅《えき》のホームの向《む》こうの空《そら》を指《ゆび》さした。緑《みどり》の木々《きぎ》におおわれた小高《こだか》い山地《さんち》の向《む》こうには、真《ま》っ白《しろ》な山脈《さんみゃく》と呼《よ》びたくなるくらい大《おお》きな入道雲《にゅうどうぐも》が浮《う》かんでいる。

そんな今日《きょう》の空《そら》はまるで、青《あお》と白《しろ》の二つの世界《せかい》が入《い》り交《ま》じっているかのようだ。そうすると雲《くも》の輪郭《りんかく》は、気流《きりゅう》によって描《えが》かれた境界線《きょうかいせん》だといえるかもしれない。青《あお》が見《み》えないはずの

リツキに、その複雑《ふくざつ》な形《かたち》がわかったというのだろうか？

それから僕《ぼく》は、ミキノリの話《はなし》をだまって聞《き》いた。

それは僕《ぼく》と合流《ごうりゅう》する前《まえ》の話《はなし》だった。

今日《きょう》の入道雲《にゅうどうぐも》があまりにも立派《りっぱ》だと感《かん》じたミキノリは、移動中《いどうちゅう》にリツキに質問《しつもん》したらしい。

「あの雲《くも》、見《み》える？」と。リツキはミキノリが示《しめ》した方《ほう》の空《そら》を見《み》ると、嬉《うれ》しそうに目《め》を細《ほそ》めて「わかるよ」と答《こた》えたという。

「見《み》える」ではなく「わかる」と。

「ふうん。それで？」

「これでおわりだよ」

「ええっ？　なんだよそれ！　リツキが雲《くも》の形《かたち》を知《し》ってたって、ちゃんと証拠《しょうこ》があるのか？」

ミキノリはこくんとうなずき、きゅっと結《むす》んでいた口《くち》を再《ふたた》び開《ひら》いた。

「リツキはちゃんと笑《わら》ってたから」

それを聞《き》いた僕《ぼく》は目《め》を丸《まる》くする。でもすぐに「フンッ」と鼻《はな》で軽《かる》く笑《わら》ってやった。

「全然《ぜんぜん》ダメじゃん！　それだけでどうして、そんなに堂々《どうどう》と『リツキが病気《びょうき》じゃない』なんてことが言《い》えるんだよ？　雲《くも》の形《かたち》を言《い》わせるとか、テストもしないでさ！」

「テストなんていらない！　リツキはほんとうに雲《くも》のかたちをしってたんだ！　でもそれは、ぼくたちの雲《くも》とはちがう」

ミキノリはきっぱりと、自信満々《じしんまんまん》といった勢《いきお》いで僕《ぼく》に宣言《せんげん》した。

僕《ぼく》にはその意味《いみ》が少《すこ》しも理解《りかい》できなかった。どうしてミキノリの口《くち》からそんな言葉《ことば》が迷《まよ》いもなく出《で》てきたのだろう？　僕《ぼく》の心《こころ》の中《なか》に疑問《ぎもん》と困惑《こんわく》が広《ひろ》がっていく。

「それ、どういう意味《いみ》……」

ミキノリに話《はな》しかけていた時《とき》だった。急《きゅう》に僕《ぼく》は背後《はいご》に強《つよ》い気配《けはい》を感《かん》じ、話《はなし》を途中《とちゅう》で止《と》めてしまう。

ゆっくりとふり返《かえ》る。僕《ぼく》たちの近《ちか》くには、いつの間《ま》にかリツキが立《た》っていた。いつもなら目《め》をそらしてしまうところだが、今回《こんかい》はあまりの緊張《きんちょう》でそうすることさえできなかった。

リツキは思《おも》いきり日差《ひざ》しが照《て》りつけている歩道《ほどう》に立《た》ったまま、じっと僕《ぼく》を見《み》つめている。暑《あつ》さをまるで感《かん》じていないかのような、とても冷《つめ》たい表情《ひょうじょう》に見《み》えた。

その後《ご》やってきたバスの中《なか》で、僕《ぼく》はリツキたちと距離《きょり》をおいて座《すわ》った。

気《き》まずい空気《くうき》に耐《た》えられそうになかった僕《ぼく》が一人用《ようの》の座席《ざせき》を選《えら》んだからなのだけれど、リツキもミキノリもそのことについて何《なに》も言《い》ってはこなかった。

スナックでは昨日《きのう》の発言《はつげん》を気《き》にしていないような態度《たいど》を見《み》せていたリツキだったけれど、本当《ほんとう》はそうじゃなかったのかもしれない。さっきのリツキの顔《かお》を見《み》た僕《ぼく》はそう考《かんが》え直《なお》し、少《すこ》し反省《はんせい》していた。リツキがどの辺《へん》から僕《ぼく》たちのやり取《と》りを聞《き》いていたのかも気《き》になってしまう。

だけどその一方《いっぽう》で、僕《ぼく》の心《こころ》の半分《はんぶん》以上《いじょう》はまったく逆《ぎゃく》の感情《かんじょう》で占《し》められていた。

青《あお》が見《み》えないのは本当《ほんとう》なんだろう？　どうしてそれを病気《びょうき》と言《い》えないいんだよ……と。

そっと二人の席《せき》に目《め》をやれば、あっちは何《なん》だか楽《たの》しそうだ。

好奇心《こうきしん》からリツキのメガネをかけたミキノリが、その度《ど》の強《つよ》さに驚《おどろ》いて「ちがう世界《せかい》みたいだ！　すげえ！」なんて素直《すなお》な感想《かんそう》を言《い》ってはしゃいでいる。

いまだにリツキとどんなふうに接《せっ》したらいいのかわからず、目《め》を合《あ》わせることさえためらってしまう僕《ぼく》には、ミキノリがどうして平気《へいき》でそんなことができるのかさっぱりわからなかった。

二人は昨日《きのう》もまあまあ仲《なか》が良《よ》かったけれど、今《いま》はそれとは比《くら》べ物《もの》にならないほど意気投合《いきとうごう》しているようだ。

こうして二人の距離《きょり》が縮《ちぢ》まったのは、さっきのミキノリの迷《まよ》いのない言葉《ことば》と関係《かんけい》があるのかもしれない。

例《たと》えば、ミキノリがリツキの何《なに》かを理解《りかい》して、もっと素直《すなお》に接《せっ》することができるようになった……とか。

でもそのきっかけについては、まだ半信半疑《はんしんはんぎ》だった。「雲《くも》の形《かたち》を『わかる』と言《い》って笑《わら》った」からだなんて、今《いま》の僕《ぼく》にはとても信《しん》じられない。

窓《まど》の外《そと》に目《め》をやると、住宅《じゅうたく》と田《た》んぼがまざった風景《ふうけい》の上《うえ》には雄大《ゆうだい》な空《そら》が広《ひろ》がっている。あの空《そら》はこの地球全体《ちきゅうぜんたい》をおおっている、終《お》わりのない白《しろ》と青《あお》の世界《せかい》だ。

リツキにはこの光景《こうけい》がどんなふうに見《み》えるのかを想像《そうぞう》しようとしたら、それだけで背筋《せすじ》が寒《さむ》くなる。

4 青《あお》が見《み》える

バスは十五分《ふん》くらいで奥波田駅前《おうはたえきまえ》から四つ先《さき》の「大河田《おおかわだ》」という停留所《ていりゅうじょ》に到着《とうちゃく》した。
バスを降《お》りた後《あと》も僕《ぼく》とリッキたちは目的地《もくてきち》を探《さが》しながらほんの少《すこ》し言葉《ことば》をかわすくらいで、ギクシャクした感《かん》じのまま五番目《ばんめ》のポイントにたどり着《つ》いた。
今度《こんど》のポイントも住宅地《じゅうたくち》の中《なか》にあって、見《み》た目《め》は周《まわ》りの一軒家《いっけんや》とあまり変《か》わらない。というか、まったく普通《ふつう》の家《いえ》だった。ルールブックによると、そこは個人《こじん》でやっている絵《え》の教室《きょうしつ》だという。
チャイムを押《お》してブルーラリーのことを伝《つた》えると、家《いえ》の中《なか》から女《おんな》の人《ひと》が出《で》てきた。見《み》た感《かん》じでは僕《ぼく》たちの親《おや》と年《とし》が近《ちか》そうだけれど、すらりと背《せ》が高《たか》く服装《ふくそう》も髪形《かみがた》もさっぱりしていて、何《なん》だかカッコいい。雰囲気《ふんいき》がどこか伯母《おば》さんに似《に》ているような気《き》がした。

「どうぞ、えんりょなく上《あ》がって」

女《おんな》の人《ひと》はそう言《い》って、僕《ぼく》たちを家《いえ》に入《い》れてくれた。

中《なか》もやっぱりごく普通《ふつう》の家《いえ》だった。僕《ぼく》たちは玄関《げんかん》で靴《くつ》をぬぎ、出《だ》してくれたスリッパにはきかえて、女《おんな》の人《ひと》の後《あと》に続《つづ》いて玄関《げんかん》のすぐ前《まえ》にある階段《かいだん》を上《のぼ》る。

だけど二階《かい》に上《あ》がると、その様子《ようす》は普通《ふつう》の家《いえ》とはちょっとちがう感《かん》じになっていた。全《すべ》ての部屋《へや》が一つにつながっていて、たくさんの机《つくえ》があり、壁《かべ》にはずらりと絵《え》が飾《かざ》られている。

そこにある絵《え》は、どれも不思議《ふしぎ》な感《かん》じがするものだった。風景画《ふうけいが》とか人物画《じんぶつが》みたいなわかりやすい絵《え》は一枚《まい》もない。あるのは様々《さまざま》な色彩《しきさい》を様々《さまざま》な線《せん》や形《かたち》に組《く》み合《あ》わせて構成《こうせい》しただけの、何《なん》て表現《ひょうげん》したらいいのかわからないようなものばかりだった。リツキとミキノリも部屋《へや》の中《なか》をきょろきょろと見回《みまわ》し、飾《かざ》ってある絵《え》を不思議《ふしぎ》そうに見《み》つめている。そんな僕《ぼく》たちの反応《はんのう》を予想《よそう》していたのか、女《おんな》の人《ひと》がすぐに説明《せつめい》してくれた。

「ここにある絵《え》はみんな、『抽象画《ちゅうしょうが》』っていう種類《しゅるい》のものなの。ここを教室《きょうしつ》に使《つか》っているついでに壁《かべ》には自分《じぶん》の絵《え》を飾《かざ》っているのよ。抽象画《ちゅうしょうが》が私《わたし》の得意《とくい》ジャンルだし、仕事《しごと》で描《か》くのもほとんどこういう絵《え》だから」

絵《え》を描《か》く仕事《しごと》をしているなんて、この先生《せんせい》はどうやらすごい人《ひと》みたいだ。だけどその前《まえ》に

「抽象画《ちゅうしょうが》」の意味《いみ》がわからず、僕《ぼく》は先生《せんせい》にたずねた。

「抽象画《ちゅうしょうが》っていうのは物事《ものごと》の本質《ほんしつ》、要《よう》は人《ひと》の心《こころ》の中《なか》とか、見《み》ているものの純粋《じゅんすい》な性質《せいしつ》とかを抜《ぬ》き出《だ》して表現《ひょうげん》した絵画《かいが》のことなの……って、そんなこと言《い》われてもわからないよね」

話《はなし》を聞《き》いているうちに僕《ぼく》たちの口《くち》がぽかんと開《あ》いてきたのを見《み》て、先生《せんせい》は腕《うで》を組《く》んで考《かんが》えこんだ。どうやらその「抽象画《ちゅうしょうが》」っていうのは、得意《とくい》な人《ひと》でもなかなか上手《じょうず》に説明《せつめい》できないものであるようだ。

「まあ、『はっきりと説明《せつめい》することができない』っていうのも抽象画《ちゅうしょうが》の大事《だいじ》な性質《せいしつ》の一つなんだけどね。言葉《ことば》で聞《き》いて理解《りかい》するよりも、心《こころ》で理解《りかい》するものだから。だから私《わたし》の説明《せつめい》もこれくらいにして、さっそく課題《かだい》を始《はじ》めましょう」

それから先生《せんせい》が話《はな》した課題《かだい》の内容《ないよう》は、その抽象画《ちゅうしょうが》というものを一時間以内《じかんいない》に描《か》くというものだった。だけど先生《せんせい》は絵《え》を描《か》く上《うえ》で、とんでもない制限《せいげん》を加《くわ》えてきた。

「ブルーラリーにちなんで、この制作《せいさく》では青《あお》だけを使《つか》ってもらいます」

「ええっ!」

それを聞《き》いた僕《ぼく》は反射的《はんしゃてき》に声《こえ》をあげ、とっさにリツキを見《み》た。だけどリツキは無表情《むひょうじょう》で先生《せんせい》を見《み》ているだけだ。

「せ、先生《せんせい》……青《あお》だけじゃ絵《え》は描《か》けないと思《おも》いますけど」

僕《ぼく》はリツキのためにもおそるおそる手《て》をあげて、先生《せんせい》にさりげない抗議《こうぎ》をした。だけどリツキの事情《じじょう》を知《し》らない先生《せんせい》は「大丈夫《だいじょうぶ》」と言《い》ってほほ笑《え》み、説明《せつめい》を続《つづ》ける。

「ひとくちに『青《あお》』と言《い》っても、その中《なか》にはたくさんの種類《しゅるい》があるの。これを見《み》て」

先生《せんせい》はそう言《い》うと、制作用《せいさくよう》の机《つくえ》にあった絵《え》の具《ぐ》のケースを持《も》ってきた。

ケースに入《はい》っている絵《え》の具《ぐ》は全部《ぜんぶ》、何色《なにいろ》かと聞《き》かれたら「青《あお》」とか「水色《みずいろ》」と答《こた》えてしまいそうなものばかりだった。だけど濃《こ》さや明《あか》るさがそれぞれちがっていて、まったく同《おな》じだと言《い》える色《いろ》は一つもない。

「スカイブルー、セルリアンブルー、シアン、ターコイズ、藍色《あいいろ》……こんなふうに青《あお》の中《なか》にも様々《さまざま》な色《いろ》があるし、みんなちがう名前《なまえ》を持《も》っているの。だから青《あお》を使《つか》うだけでも絵《え》を描《か》くことは簡単《かんたん》なのよ。風景画《ふうけいが》ならスカイブルーとコバルトブルーで空《そら》と海《うみ》が描《か》けるし、スカイブルーの水《みず》の量《りょう》を調節《ちょうせつ》すれば季節《きせつ》も表現《ひょうげん》できるしね。濃《こ》ければ夏《なつ》、薄《うす》ければ冬《ふゆ》、って」

先生《せんせい》の話《はなし》は興味深《きょうみぶか》かったけれど、僕《ぼく》が今気《いまき》にしているのはそういうことではない。

このままだとリツキがかわいそうだ……僕《ぼく》の中《なか》で、そんな気持《きも》ちがどんどん強《つよ》くなっていく。

もう一度《ど》ふり返《かえ》っても、リツキの様子《ようす》に変化《へんか》は感《かん》じられない。

そんなリツキを見《み》ているうちに、僕《ぼく》の中《なか》である考《かんが》えが浮《う》かんだ。「もしかしたらリツキはあまりにも動揺《どうよう》してしまって、青《あお》が見《み》えないことを先生《せんせい》に打《う》ち明《あ》けられずにいるのかもしれない」と。

そう考《かんが》えた瞬間《しゅんかん》に、僕《ぼく》ははっきりとわかったような気《き》がした。伯母《おば》さんがどうしてリツキの特徴《とくちょう》を「病気《びょうき》」と呼《よ》ぶことを禁止《きんし》したのか。そしてさっきミキノリが、どうしてあんなにムキになって僕《ぼく》の発言《はつげん》を怒《おこ》ったのかを。

きっとリツキは心《こころ》の中《なか》では、自分自身《じぶんじしん》が病気《びょうき》であることを認《みと》めたくなかったのだ。それを察《さっ》した伯母《おば》さんとミキノリはリツキに気《き》をつかって、周《まわ》りの人《ひと》が「病気《びょうき》」という言葉《ことば》を使《つか》うのを許《ゆる》さなかったのだろう。伯母《おば》さんが「能力《のうりょく》」と呼《よ》ぶのも、きっとリツキの特徴《とくちょう》を言《い》い換《か》えないといけない場合《ばあい》に、病気《びょうき》という表現《ひょうげん》を避《さ》けるためなのだろう。

二人の優《やさ》しさを知《し》った僕《ぼく》は心《こころ》の半分《はんぶん》で納得《なっとく》したけれど、もう半分《はんぶん》では納得《なっとく》できなかった。だってその考《かんが》えはリツキの心《こころ》が傷《きず》つかないように助《たす》けている一方《いっぽう》で、いざという時《とき》にリツキをますます追《お》いこんでしまう可能性《かのうせい》もあるからだ。

今《いま》がそのいい例《れい》だ。もしもリツキが普通《ふつう》に「私《わたし》は青《あお》が見《み》えません。そういう病気《びょうき》なんです」

と言《い》うことができたなら、先生《せんせい》はリツキを気《き》づかって別《べつ》の課題《かだい》を用意《ようい》してくれるはずだろう。だけど今《いま》はリツキが自分《じぶん》を病気《びょうき》と呼《よ》ぶのをためらっているせいで、先生《せんせい》はどんどん課題《かだい》の準《じゅん》備《び》を始《はじ》めてしまっている。

これはまだ軽《かる》い方《ほう》だけれど、このままだとリツキはこの先《さき》、もっと大変《たいへん》な状況《じょうきょう》を招《まね》いてしまう可能性《かのうせい》だってあるだろう。僕《ぼく》はリツキのためにもあえて鬼《おに》になろうと決心《けっしん》し、手《て》をあげて先生《せんせい》に発言《はつげん》した。

「先生《せんせい》！　リツキ……この女《おんな》の子《こ》には、別《べつ》の課題《かだい》を用意《ようい》してあげてください！」

「えっ、どうして？」

机《つくえ》に画用紙《がようし》を並《なら》べていた先生《せんせい》が手《て》を止《と》めて、驚《おどろ》いて僕《ぼく》を見《み》た。

「この子《こ》は特殊色認《とくしゅしきにん》といって、生《う》まれつき青《あお》が見《み》えない病気《びょうき》なんです。そんな子《こ》に青《あお》だけで絵《え》を描《か》かせるのは無理《むり》だと思《おも》うし、かわいそうです」

「青《あお》が見《み》えない……？」

先生《せんせい》は声《こえ》を少《すこ》し低《ひく》くして、まだ半信半疑《はんしんはんぎ》といった感《かん》じの眼差《まなざ》しでリツキを見《み》た。ほとんどの人《ひと》がそうなんだろうけれど、先生《せんせい》もそんな人《ひと》に会《あ》うのは初《はじ》めてなのだろう。

「ええっと……リツキちゃん、だっけ？　それって本当《ほんとう》なの？」

相変《あいか》わらずリツキの顔《かお》からは表情《ひょうじょう》が読《よ》み取《と》れないけれど、きっと心《こころ》の中《なか》ではかなりほっとしているはずだ。僕《ぼく》はすっかりいいことをした気分《きぶん》で、リツキが先生《せんせい》にどう返事《へんじ》するかを見《み》守《まも》った。

だけどリツキはそこで、なぜか先生《せんせい》に笑顔《えがお》を見《み》せる。そして、きっぱりとこう言《い》った。

「青《あお》が見《み》えないのは本当《ほんとう》です。でも、大丈夫《だいじょうぶ》です」

「ええっ？」

リツキの言葉《ことば》に、先生《せんせい》ではなく僕《ぼく》が驚《おどろ》いた声《こえ》を出《だ》してしまった。

「自分《じぶん》でも何《なん》て言《い》えばいいのかわからないんですけど……見《み》えないといっても、青《あお》って色《いろ》がすっかり消《き》えたように映《うつ》るわけではないんです。微妙《びみょう》な色《いろ》のちがいも感《かん》じ取《と》ることはできるので、絵《え》も描《か》けると思《おも》います」

「おいっ、いいかげんにしろよ！」

どうしても病気《びょうき》を認《みと》めないリツキの発言《はつげん》に、僕《ぼく》はとうとう怒鳴《どな》り声《ごえ》をあげてしまった。

「どうしてそんなに意地張《いじは》るんだよ？　病気《びょうき》だって思《おも》われたくないのはわかるけどさ、いくらなんでも『色《いろ》のちがいを感《かん》じる』なんて言《い》いわけは無茶苦茶《むちゃくちゃ》すぎるだろう！　そんなことばかりやられると迷惑《めいわく》なんだよ！　僕《ぼく》だって、この先生《せんせい》だって……」

「君《きみ》！　私《わたし》は大丈夫《だいじょうぶ》だよ」

勢《いきお》いにまかせてリツキを責《せ》めていた僕《ぼく》の耳《みみ》に、先生《せんせい》の甲高《かんだか》い声《こえ》がぴしゃりと飛《と》んできた。

「私《わたし》は大丈夫《だいじょうぶ》だよ」なんて優《やさ》しい言葉《ことば》を使《つか》ったけれど、その声《こえ》には伯母《おば》さんに叱《しか》られた時《とき》と同《おな》じ迫力《はくりょく》がこもっていた。驚《おどろ》いた僕《ぼく》は、一瞬《いっしゅん》で言葉《ことば》を失《うしな》ってしまう。

「大丈夫《だいじょうぶ》。リツキちゃんも同《おな》じ課題《かだい》をクリアできるよ」

「……え？　どうしてそんなことが言《い》えるんですか？　だってリツキには、青《あお》が……」

なぜか断言《だんげん》する先生《せんせい》に、僕《ぼく》はいかにも不満《ふまん》そうにたずねる。だけど先生《せんせい》はその質問《しつもん》を待《ま》っていたかのように自信満々《じしんまんまん》な笑《え》みを浮《う》かべ、僕《ぼく》にズバリと言《い》った。

「もしも課題《かだい》が風景画《ふうけいが》や静物画《せいぶつが》なら、リツキちゃんも少《すこ》しは苦労《くろう》したかもしれないね。だけど君《きみ》たちがこれから描《か》くのは抽象画《ちゅうしょうが》なの！　つまり目《め》で見《み》た青《あお》じゃなくて、自分《じぶん》の心《こころ》の中《なか》にある青《あお》を表現《ひょうげん》すればいいのよ。それはリツキちゃんにも絶対《ぜったい》できる課題《かだい》のはずよ」

先生《せんせい》は確信《かくしん》している様子《ようす》だったけれど、僕《ぼく》はまだ納得《なっとく》できなかった。だけどまた怒鳴《どな》られるのは嫌《いや》だったし、何《なに》より反論《はんろん》する言葉《ことば》も浮《う》かばなかったので、しぶしぶ黙《だま》りこんだ。

「リツキのことなんてもうどうでもいい！　勝手《かって》にすればいい！」。今《いま》の僕《ぼく》は完全《かんぜん》にそんな気持《きも》ちだった。

「さっきも言《い》ったけど、抽象画《ちゅうしょうが》には特別《とくべつ》な決《き》まりごとはありません。心《こころ》のままに青《あお》を使《つか》って絵《え》を完成《かんせい》させてください。それじゃあ、始《はじ》めっ！」

先生《せんせい》の号令《ごうれい》を合図《あいず》に、机《つくえ》に向《む》かった僕《ぼく》たちはいっせいに絵《え》を描《か》き始《はじ》めた。

僕《ぼく》はとりあえず筆《ふで》をにぎったものの、そこから先《さき》がまったく進《すす》まなかった。目《め》の前《まえ》の白《しろ》い画用紙《がようし》を見《み》つめていても、何《なん》のイメージも浮《う》かんでこない。一体《いったい》どんな青《あお》を、一体《いったい》どんなふうに使《つか》えばいいのか……それを考《かんが》えようとすると別《べつ》の考《かんが》えが邪魔《じゃま》をして、頭《あたま》の働《はたら》きが止《と》まってしまう。さっきリツキに厳《きび》しいことを言《い》ってしまったのが、心《こころ》の中《なか》で引《ひ》っかかっていたせいかもしれない。

隣《となり》の席《せき》のミキノリは、そんな僕《ぼく》とは正反対《せいはんたい》だった。迷《まよ》うことなくケースの中《なか》の色《いろ》を選《えら》び、思《おも》いつくままに画用紙《がようし》に塗《ぬ》りたくっている。かなりメチャクチャな絵《え》だけれど、確《たし》かにミキノリの自由《じゆう》な感《かん》じが伝《つた》わってくるような気《き》がする。もしかしたら「抽象《ちゅうしょう》」っていうのはこういう感《かん》じのことを言《い》うのかもしれない。

リツキはどうなんだろうか？

僕《ぼく》は制作《せいさく》が始《はじ》まった時《とき》からずっと、そのことが気《き》になって仕方《しかた》がなかった。青《あお》が見《み》えない。それなのにきっぱりと「描《か》けます」と言《い》ったリツキの絵《え》とは、一体《いったい》どんなものなんだろうか？

僕《ぼく》はそっと、ミキノリの先《さき》で作業《さぎょう》をしているリッキとその画用紙《がようし》に視線《しせん》を移《うつ》した。

リッキの画用紙《がようし》は僕《ぼく》と同《おな》じで真《ま》っ白《しろ》だった。それを見《み》た僕《ぼく》は少《すこ》しがっかりしながらも、さっきのリッキの言葉《ことば》が強《つよ》がりだったことを知《し》ってひそかに得意《とくい》になった。

だけど、本当《ほんとう》はそうじゃなかったらしい。僕《ぼく》がそのことに気《き》づき始《はじ》めたのは、その直後《ちょくご》だった。

じっと画用紙《がようし》を見《み》つめるリッキの横顔《よこがお》に、僕《ぼく》ははっとした。

その目《め》は画用紙《がようし》に向《む》かっているように見《み》えて、本当《ほんとう》はちがうものを見《み》ているような不思議《ふしぎ》な感《かん》じがする。だけど僕《ぼく》はそんなリッキを、前《まえ》にも見《み》たことがあった。

昨日《きのう》の夜《よる》、ピアノを演奏《えんそう》していた時《とき》だ。

それから僕《ぼく》は自分《じぶん》の制作《せいさく》のこともすっかり忘《わす》れて、リッキの次《つぎ》の行動《こうどう》を待《ま》ち続《つづ》けていた。

リッキはしばらく筆《ふで》を持《も》ってじっとしていたけれど、ある時《とき》ふいに、唇《くちびる》を小《ちい》さく動《うご》かした。

「見《み》えた。私《わたし》の青《あお》」

離《はな》れていたし、実際《じっさい》に声《こえ》が聞《き》こえたわけではなかったけれど、その動《うご》きはそんなふうに言《い》っているような気《き》がした。その直後《ちょくご》、リッキはまるでスイッチが入《はい》ったように急《きゅう》に手《て》を動《うご》かし始《はじ》めた。白《しろ》い指《ゆび》が魚《さかな》のようにすーっと伸《の》びて、ケースから一本《ぽん》のチューブを選《えら》び出《だ》す。次《つぎ》にその青《あお》を少量《しょうりょう》パレットに取《と》ると、水《みず》を含《ふく》んだ筆《ふで》で素早《すばや》く溶《と》かし始《はじ》めた。あまりにも目《め》まぐるしい手《て》さばきには、迷《まよ》いはほんの少《すこ》しも感《かん》じ取《と》れない。

リツキの絵筆《えふで》はその勢《いきお》いをたもったまま、画用紙《がようし》に「しゅんっ！」と軽《かろ》やかな弧《こ》を描《えが》いた。その後《あと》の画用紙《がようし》の上《うえ》には、風《かぜ》の軌跡《きせき》みたいな淡《あわ》い空色《そらいろ》の曲線《きょくせん》が残《のこ》されていた。まるで魔法《まほう》を見《み》せられたような衝撃《しょうげき》に、僕《ぼく》はしばらく目《め》を見張《みは》ったまま動《うご》けなくなってしまった。

「5」のスタンプを押《お》してもらって外《そと》に出《で》ると、空《そら》はすっかり淡《あわ》いオレンジ色《いろ》に染《そ》まっていた。

「ここでもだいぶ時間《じかん》がかかっちゃったね。今日《きょう》はここまでかな」

リツキはミキノリに話《はな》しかけながら、ルールブックの時刻表《じこくひょう》のページを開《ひら》く。

「うそ！　次《つぎ》のバス、今度《こんど》は五十分後《ぷんご》だって」

リツキがあぜんとした声《こえ》でつぶやき、ミキノリが「えーっ！」と不満《ふまん》そうに叫《さけ》ぶ。離《はな》れた場所《ばしょ》から二人の様子《ようす》を見《み》ていた僕《ぼく》は、えんりょがちに近《ちか》づき、声《こえ》をかけた。

「あのさ……ここから三方丘《みかたがおか》までだったら、歩《ある》いても行《い》けるよ。遠《とお》いけど、一時間《じかん》もかからないと思《おも》う」

それを聞《き》いたリツキはちらっと僕《ぼく》を見《み》ると、またすぐにミキノリの方《ほう》に向《む》き直《なお》った。

「ミキノリ君《くん》、まだ歩《ある》けそう？」

ミキノリがこくんとうなずくと、リツキはその手《て》を取《と》って国道《こくどう》に向《む》かって歩《ある》き出《だ》した。僕《ぼく》は少《すこ》し待《ま》ってから、二人の後《うし》ろ姿《すがた》にとぼとぼとした足取《あしど》りで続《つづ》いた。

さっきの絵《え》に心《こころ》を打《う》たれてからというもの、僕《ぼく》のリツキに対《たい》する印象《いんしょう》は大《おお》きく変《か》わってしまった。思《おも》い出《だ》すと、まだ身震《みぶる》いが起《お》きてしまうほどだ。

僕《ぼく》に美的感覚《びてきかんかく》なんてものがあるようには思《おも》えないけれど、リツキの絵《え》はそんな自分《じぶん》にも伝《つた》わってくるほどに強《つよ》い力《ちから》を放《はな》っていた。青《あお》が見《み》えないはずのリツキが、青《あお》だけを使《つか》ってあの絵《え》を描《か》いたなんて信《しん》じられなかった。

リツキの画用紙《がようし》の中《なか》では、セルリアンブルーの線《せん》が魚《さかな》のようにひらひらと泳《およ》いでいた。コバルトブルーのかたまりが雲《くも》のように優雅《ゆうが》に浮《う》かんでいた。群青色《ぐんじょういろ》の粒《つぶ》の一つ一つが笑《わら》い、はじけているような感《かん》じがした。たっぷりと水《みず》を含《ふく》んだ淡《あわ》い空色《そらいろ》が、白《しろ》い画用紙《がようし》の上《うえ》で妖精《ようせい》のように軽《かろ》やかに舞《ま》っていた……。

ミキノリや先生《せんせい》にはどう見《み》えたのかはわからない。だけどリツキの絵《え》を見《み》た瞬間《しゅんかん》に、僕《ぼく》の中《なか》にはそんなイメージが次々《つぎつぎ》に浮《う》かんできたのだった。

その衝撃《しょうげき》に打《う》ちのめされてしまった僕《ぼく》はそれから、必死《ひっし》に頭《あたま》を使《つか》い、考《かんが》えていた。

一体《いったい》、リツキにとっての「青《あお》」とはどういうものなのか。

僕《ぼく》はまず、リツキの特殊色認《とくしゅしきにん》そのものを疑《うたが》った。「本当《ほんとう》はリツキにも青《あお》が見《み》えているんじゃないか」と。

だけどすぐに、その考《かんが》えにも自信《じしん》をなくしてしまう。僕《ぼく》やミキノリと同《おな》じように青《あお》が見《み》えている小学生《しょうがくせい》に、僕《ぼく》らとはあんなにちがって、それでいてすごいと思《おも》わせるような絵《え》が描《か》けるとはどうしても思《おも》えなかったのだ。

そう考《かんが》えた時《とき》、僕《ぼく》に考《かんが》えられる可能性《かのうせい》はただ一つだった。

リツキは青《あお》という色《いろ》について「見《み》える」という方法以外《ほうほういがい》で理解《りかい》しているということだ。

そのことに気《き》がついた僕《ぼく》は、ミキノリがさっき、リツキが雲《くも》の形《かたち》を「わかる」と言《い》っていたのを思《おも》い出《だ》した。

でも、それってどういうことなんだろう？　「青《あお》がわかる」って……。僕《ぼく》の中《なか》で、リツキがますます不思議《ふしぎ》な存在《そんざい》になっていく。

だけどそんな僕《ぼく》にもただ一つ、確信《かくしん》できることがあった。そして僕《ぼく》はできるだけ早《はや》く、それをリツキに伝《つた》えなければいけないこともわかっていた。

「兄《にい》ちゃん！」

急《きゅう》にミキノリに呼《よ》ばれて、うつむいて考《かんが》えこんでいた僕《ぼく》はハッと顔《かお》をあげた。その瞬間《しゅんかん》、「ぎゃあっ！」と大声《おおごえ》で叫《さけ》んでしまう。

ミキノリが数《すう》メートル先《さき》から僕《ぼく》をまっすぐに見《み》ていたのだ。リツキのメガネをかけて。しかもメガネを前方《ぜんぽう》に少《すこ》し離《はな》しているせいで、レンズに浮《う》かんだミキノリの目《め》がものすごく巨大《きょだい》に見《み》えた。

僕《ぼく》があまりに大《おお》きなリアクションをとったのを見《み》て、二人は声《こえ》をあげて笑《わら》った。少《すこ》しむっとしたけれど、今《いま》まで仲間《なかま》はずれの気分《きぶん》を味《あじ》わっていた僕《ぼく》は、二人から話《はな》しかけてくれたことが嬉《うれ》しくもあった。

「リツキのメガネ、兄《にい》ちゃんもかける？」

「えっ……いいの？」

ミキノリの唐突《とうとつ》な提案《ていあん》に僕《ぼく》は戸惑《とまど》い、リツキの方《ほう》を見《み》た。

リツキは僕《ぼく》の反応《はんのう》を気《き》にするように、ほほ笑《え》み半分《はんぶん》、心配半分《しんぱいはんぶん》といった複雑《ふくざつ》な表情《ひょうじょう》でうなずく。

僕《ぼく》は立《た》ち止《ど》まっている二人にゆっくりと近《ちか》づいた。そしてミキノリからメガネを受《う》け取《と》り、すぐにかけてみた。

メガネは僕《ぼく》の顔《かお》よりも幅《はば》がせまくて、耳《みみ》の上《うえ》が少《すこ》し痛《いた》い。

バスでミキノリが言《い》っていた通《とお》りだ。リツキはすごい近眼《きんがん》らしく、メガネをかけたとたんに何《なに》もかもがぼやけて映《うつ》る。いつもとはまったく別《べつ》の世界《せかい》を見《み》ているみたいだった。

(リツキがこのメガネを通《とお》していつも見《み》ている世界《せかい》って、一体《いったい》どんなものなんだろう?)

ふっと湧《わ》いた疑問《ぎもん》が、僕《ぼく》の中《なか》で自然《しぜん》に大《おお》きくなっていく。それもまた、さっきの絵《え》のおかげなのかもしれない。伯母《おば》さんが「能力《のうりょく》」と呼《よ》んだ理由《りゆう》が、何《なん》となくわかりかけてきたような気《き》がした。

僕《ぼく》はメガネを外《はず》すと、「ありがとう」と言《い》ってリツキに返《かえ》した。そしてリツキがメガネをかけ終《お》えるのを待《ま》ってから、彼女《かのじょ》に向《む》かって深《ふか》く頭《あたま》を下《さ》げた。

「本当《ほんとう》にごめん!　オレが間違《まちが》ってた!」

驚《おどろ》いたのか、それとも返事《へんじ》に迷《まよ》っていたのか……二人はすぐに声《こえ》をかけてこなかった。そして僕《ぼく》も、リツキの返事《へんじ》を聞《き》くまで頭《あたま》を上《あ》げるつもりはなかった。静《しず》まり返《かえ》った僕《ぼく》たちの間《あいだ》を、ヒグラシの鳴《な》き声《ごえ》と国道《こくどう》を走《はし》る車《くるま》の音《おと》が通《とお》り過《す》ぎていく。

「ごめんね、私《わたし》の方《ほう》こそ」

リツキから返《かえ》ってきたのは、思《おも》いもよらない返事《へんじ》だった。

なぜか、リツキもこっちに向《む》かって頭《あたま》を下《さ》げていた。

「や、やめろよ！　どうしてリツキがオレに謝《あやま》るの？　悪《わる》いのは全部《ぜんぶ》こっちなのに」

リツキはゆっくりと首《くび》を横《よこ》にふり、僕《ぼく》に笑《わら》いかけた。

「ありがとう。でも、私《わたし》も悪《わる》かったと思《おも》う」

意味《いみ》がわからずしばらく黙《だま》りこんでいると、リツキはその理由《りゆう》を説明《せつめい》してくれた。

「確《たし》かに私《わたし》も、青《あお》が見《み》えないことを『病気《びょうき》』って言《い》われるのは嫌《いや》だったの。だけど柏原先生《かしわばらせんせい》（伯母《おば》さんの名前《なまえ》だ）が『私《わたし》がピアノを上手《じょうず》に弾《ひ》けるのはその特徴《とくちょう》のおかげかもしれない』って言《い》ってくれてから、これは私《わたし》にとって大切《たいせつ》な能力《のうりょく》なんだって思《おも》えるようになったの。だけど初対面《しょたいめん》のハルト君《くん》たちにはこれが病気《びょうき》にしか見《み》えないのは当《あ》たり前《まえ》だし、私《わたし》の方《ほう》から『これは私《わたし》の能力《のうりょく》なんだ』って言《い》う理由《りゆう》を説明《せつめい》しないで一方的《いっぽうてき》に旅《たび》に巻《ま》きこんじゃったのは、すごく自分勝手《じぶんかって》だったと思《おも》う」

奥波田駅前《おうはたえきまえ》でリツキが冷《つめ》たい表情《ひょうじょう》を見《み》せた理由《りゆう》は、やっぱりあの時《とき》の僕《ぼく》の言葉《ことば》にショックを受《う》けたせいだという。だけどリツキはもう、自分《じぶん》が病気《びょうき》と言《い》われるつらさを乗《の》り越《こ》えている。本当《ほんとう》の原因《げんいん》は、今《いま》まで僕《ぼく》たちの気持《きも》ちを深《ふか》く考《かんが》えないで行動《こうどう》していたことに気《き》づいたからだったそうだ。

「朝《あさ》のことだってそう。ハルト君《くん》が忙《いそが》しいってわかったからって、勝手《かって》に出《で》かけちゃうなんてひどかったよね。ちゃんと私《わたし》がここに来《き》た理由《りゆう》を伝《つた》えて、それを知《し》った上《うえ》で私《わたし》に協力《きょうりょく》してくれるかどうかを聞《き》くべきだったね。ハルト君《くん》たちの家《いえ》にお邪魔《じゃま》した時《とき》からもう、私《わたし》たちは他人《たにん》じゃないんだし……」

　リツキはそう言《い》ってくれたけれど、僕《ぼく》がリツキに言《い》ってしまったことはそれよりもずっとひどいものだったと思《おも》う。にもかかわらず僕《ぼく》に謝《あやま》ってくれたリツキの態度《たいど》が立派《りっぱ》すぎて、僕《ぼく》は泣《な》き出《だ》したいくらいの気持《きも》ちになった。

でも、ここで僕《ぼく》が本当《ほんとう》に泣《な》いてリツキに謝《あやま》ったとしても、それは今《いま》のリツキの気持《きも》ちにこたえたことにはならないのだろう。

　僕《ぼく》はリツキの言葉《ことば》に「ありがとう」とだけ言《い》って、しっかりと頭《あたま》を下《さ》げる。そして、ほっとした様子《ようす》のリツキに「行《い》こう」と声《こえ》をかけ、国道沿《こくどうぞ》いの歩道《ほどう》を並《なら》んで歩《ある》き始《はじ》めた。

　それからリツキは、自分《じぶん》のことについて色々《いろいろ》と話《はな》してくれた。

まず、リツキは青《あお》をどんなふうに感《かん》じているのか……だけどそれは生《う》まれつき特殊色認《とくしゅしきにん》を備《そな》えているリツキにとっても、どう表現《ひょうげん》したらいいのかわからない疑問《ぎもん》だったらしい。なぜならリツキにとっては、青《あお》という色《いろ》の存在《そんざい》しない世界《せかい》の方《ほう》が当《あ》たり前《まえ》なのだから。

それは逆《ぎゃく》に、僕《ぼく》たちが「青《あお》ってどんな色《いろ》？」と聞《き》かれることと同《おな》じなんだろう。「青《あお》」というのは空《そら》や海《うみ》などを見《み》た時《とき》に目《め》で感《かん》じた光《ひかり》の波長《はちょう》に付《つ》けられた名前《なまえ》でしかないのだから、それを言葉《ことば》で説明《せつめい》するのは大人《おとな》でもかなり難《むずか》しいにちがいない。そしてリツキの世界《せかい》には、リツキが空《そら》や海《うみ》を見《み》た時《とき》に感《かん》じるもの……つまりリツキだけの「青《あお》」と呼《よ》べるものがあるのかもしれない。

「もしかしたら……これで説明《せつめい》できるかも」

リツキはそう言《い》って、自分《じぶん》のショルダーバッグのチャックを開《あ》ける。そして中《なか》からクリアブルーのペンケースを取《と》り出《だ》した。

そこには昨日《きのう》の王冠《おうかん》三つと、「来夢《らいむ》♪来人《らいと》」と書《か》かれたマッチ箱《ばこ》が入《はい》っている。クリアブルーのビニール生地《きじ》に包《つつ》まれて、全部《ぜんぶ》がうっすらと青色《あおいろ》をおびている。

「こうして透明《とうめい》な青《あお》を通《とお》してみると、その奥《おく》にあるものはかすんで見《み》えてくるの。さっき先《せん》生《せい》の言《い》ってた『抽象的《ちゅうしょうてき》』な感《かん》じになるっていうのに近《ちか》いのかもしれない。古《ふる》い映像《えいぞう》みたいに何《なん》となくぼやけて、先《さき》にあるものがうっすら溶《と》け合《あ》っているみたいに映《うつ》るの。青《あお》の種類《しゅるい》によってその『抽象的《ちゅうしょうてき》な感《かん》じ』がちがってくるから、集中《しゅうちゅう》すればさっきみたいに青《あお》のちがいを見分《みわ》けることだってできるのよ。『これは空《そら》の青《あお》だな』『これは海《うみ》だな』『これはブルーラリーのスタンプだな』って」

具体的《ぐたいてき》な例《れい》を出《だ》してくれたおかげで、僕《ぼく》はリツキの見《み》えている世界《せかい》が何《なん》となく想像《そうぞう》できた気《き》がした。だけど多分《たぶん》、ここで僕《ぼく》が想像《そうぞう》したことも、本当《ほんとう》にリツキに見《み》えている世界《せかい》とはちがっているのだろう。それを思《おも》うと何《なん》だかやりきれないけれど、これはどうしようもない問《もん》題《だい》だ。だからこそ、できる限《かぎ》りリツキのことを知《し》る努力《どりょく》をしよう……そう決意《けつい》した僕《ぼく》は、リツキに核心的《かくしんてき》なことをたずねてみた。

「じゃあさ、リツキはどうしてブルーラリーをやろうと思《おも》ったの？」

「うん。それはね……それは……」

するとリツキは意《い》を決《けっ》したように、すっと僕《ぼく》たちの方《ほう》にふり向《む》いた。

「青《あお》を集《あつ》めたかったの。短《みじか》い間《あいだ》に、できるだけたくさん」

「青《あお》を……集《あつ》める？」

リツキはこくんとうなずき、僕《ぼく》たちにここに来《く》ることになったいきさつを語《かた》り始《はじ》めた。

涼《すず》しげな夕方《ゆうがた》の風《かぜ》にのって聞《き》こえてくるリツキの声《こえ》に、僕《ぼく》たちはじっと耳《みみ》をかたむけた。

いつの間《ま》にか太陽《たいよう》は西《にし》にかたむき、薄《うす》い紫色《むらさきいろ》をした空《そら》の中《なか》に白《しろ》い半月《はんげつ》が輝《かがや》いている。

そんな空《そら》と一緒《いっしょ》に、僕《ぼく》たちの二日目《め》の旅《たび》もゆっくりと暮《く》れていった。

5　三日目《め》

三日目《め》の朝《あさ》。

僕《ぼく》たちは朝食《ちょうしょく》を食《た》べ終《お》えると、すぐに三方丘駅《みかたがおかえき》へ向《む》けて出発《しゅっぱつ》した。

僕《ぼく》たちにとっては、ここからがブルーラリーの後半戦《こうはんせん》だ。

日程《にってい》もちょうど半分《はんぶん》を過《す》ぎたし、集《あつ》めたスタンプの数《かず》も五つで半分以上《はんぶんいじょう》になる。だけど僕《ぼく》たちがそう思《おも》う一番《いちばん》の理由《りゆう》は、今日《きょう》からは海水浴場方面《かいすいよくじょうほうめん》のバスに乗《の》って移動《いどう》するからだった。

今《いま》までは三方丘駅跡《みかたがおかえきあと》から豊原駅方面《とよはらえきほうめん》にある停留所《ていりゅうじょ》がポイントになっていたけれど、六個《こ》目以降《めいこう》はここから終点《しゅうてん》の海水浴場前駅《かいすいよくじょうまええき》の間《あいだ》にポイントがある。それだけの話《はなし》といえばそうだけれど、不思議《ふしぎ》と気分《きぶん》が盛《も》り上《あ》がる。

でも今回《こんかい》だけは、すぐにバスに乗《の》るわけにはいかなかった。

なぜならこの三方丘駅前停留所《みかたがおかえきまえていりゅうじょ》こそが六番目《ばんめ》のポイントだったからだ。しかもブルーラリーをする場所《ばしょ》は、駅舎《えきしゃ》の中《なか》に入《はい》っている豊原交通《とよはらこうつう》の支所《ししょ》だった。

駅舎《えきしゃ》に着《つ》いた僕《ぼく》たちは、駅員室《えきいんしつ》をそのまま利用《りよう》している支所《ししょ》の窓口《まどぐち》にまっすぐ歩《ある》いていった。

「おはよう。やっとこのポイントに来《き》てくれたのね」

窓口《まどぐち》に座《すわ》っていたお姉《ねえ》さんがにっこり笑《わら》い、僕《ぼく》たちよりも先《さき》に話《はな》しかけてきた。

最初《さいしょ》はびっくりしたけれど、よく見《み》ると僕《ぼく》たちがフリー乗車券《じょうしゃけん》を買《か》った時《とき》と同《おな》じ人《ひと》だったことに気《き》がついた。

この人《ひと》はもしかしたら、二日前《まえ》から僕《ぼく》たちがここから旅《たび》に出《で》るのを見届《みとど》けてくれていたのかもしれない。そう思《おも》うと、なんとなく嬉《うれ》しい気持《きも》ちになる。

「それじゃあ、さっそく六番《ばんめ》目のポイントの課題《かだい》を説明《せつめい》します」

「お願《ねが》いします！」

僕《ぼく》たちは声《こえ》をそろえて、元気《げんき》よく返事《へんじ》をする。

そのとたん、お姉《ねえ》さんの表情《ひょうじょう》が急《きゅう》に変《か》わった。

笑顔《えがお》は笑顔《えがお》なんだけれど、今度《こんど》は目《め》をにいーっと細《ほそ》めて、何《なん》だか意地悪《いじわる》そうな感《かん》じだ。

「最初《さいしょ》に言《い》っておくけど、これはブルーラリーの中《なか》でも一番難《いちばんむずか》しいって言《い》われてる問題《もんだい》だから、覚悟《かくご》しておいてね」

「ええっ！　一番難《いちばんむずか》しい問題《もんだい》……」

「そう。だからよーく聞《き》いてね。まずは、海水浴場方面《かいすいよくじょうほうめん》のバスに乗《の》ってください。そしたら二つ先《さき》の停留所《ていりゅうじょ》を過《す》ぎたところに、半島鉄道《はんとうてつどう》の線路《せんろ》を越《こ》えるために造《つく》られた跨線橋《こせんきょう》があるの。今度《こんど》の課題《かだい》はその橋《はし》の一番高《いちばんたか》い所《ところ》で三河湾側《みかわわんがわ》を見《み》て、港《みなと》に並《なら》んでいる風力発電《ふうりょくはつでん》の風《ふう》車《しゃ》の数《かず》を数《かぞ》えることです。答《こた》えがわかったら、信号待《しんごうま》ちの時《とき》か降《お》りる時《とき》に運転手《うんてんしゅ》さんに報告《ほうこく》してください。がんばってね！」

「一番難《いちばんむずか》しい」と言《い》っていた割《わり》にはシンプルな課題《かだい》だったので、僕《ぼく》たちは正直《しょうじき》ほっとした。

待合室《まちあいしつ》でバスを待《ま》っていると、リツキが心配《しんぱい》そうに話《はな》しかけてきた。

「本当《ほんとう》にいいの？　練習休《れんしゅうやす》んじゃっても」

「うん、大丈夫《だいじょうぶ》」

僕《ぼく》はリツキに笑顔《えがお》を向《む》けると、しっかりとうなずいた。

「本当《ほんとう》のこと言《い》うとさ、何日《なんにち》も練習《れんしゅう》したけどダメだったんだ。それなら思《おも》い切《き》って、こんなふうに気分転換《きぶんてんかん》した方《ほう》がいい効果《こうか》があるかもしれないし。それに……」

僕《ぼく》はそう言《い》って、首《くび》にぶら下《さ》げたパスケースの裏面《うらめん》をリツキに向《む》けた。カードに押《お》された

五つのスタンプを見《み》えるようにして。

「昨日《きのう》の話《はなし》を聞《き》いて僕《ぼく》も思《おも》ったんだ。青《あお》を集《あつ》めてみたいって」

それを聞《き》いて嬉《うれ》しくなったのか、リッキはほっぺを赤《あか》くして下《した》を向《む》く。それからぽつりと「ありがとう」と言《い》った。

だけど正直言《しょうじきい》うと、僕《ぼく》はまだ心配《しんぱい》だった。こんなことをやっていて、記録会《きろくかい》は大丈夫《だいじょうぶ》なのかと。いや……記録会《きろくかい》はもうあきらめるとしても、ひょっとしたらこれからずっと、前《まえ》のようには泳《およ》げないんじゃないかという不安《ふあん》がずっと付《つ》きまとっていた。本当《ほんとう》は今《いま》すぐにプールに行《い》って、ひたすら練習《れんしゅう》したい気持《きも》ちも残《のこ》っている。それでも今《いま》の僕《ぼく》は、リッキたちと一緒《いっしょ》に「青《あお》を集《あつ》める」旅《たび》を続《つづ》けたいという気持《きも》ちが強《つよ》くなっていた。

海水浴場方面《かいすいよくじょうほうめん》のバスはそれから十分《ぷん》くらいで到着《とうちゃく》した。それに乗《の》りこむと、いよいよ後《こう》半《はん》の旅《たび》のスタートだ。

あの住宅地《じゅうたくち》から豊原市街地《とよはらしがいち》までが行動範囲《こうどうはんい》になっている僕《ぼく》にとって、ここから先《さき》へ行《い》く機《き》会《かい》はあまり多《おお》くない。自分《じぶん》がほとんど未知《みち》の領域《りょういき》に入《はい》ったことで、旅《たび》をしている実感《じっかん》が高《たか》まってくる。

バスはあっという間《ま》に二つ目《め》の停留所《ていりゅうじょ》を通過《つうか》した。まっすぐな国道《こくどう》の向《む》こうに、跨線橋《こせんきょう》の坂道《さかみち》が迫《せま》ってくる。

「もうすぐだよ。みんな、集中《しゅうちゅう》してね」

リツキの言葉《ことば》に、僕《ぼく》とミキノリは息《いき》をひそめながらうなずいた。

バスはすぐに跨線橋《こせんきょう》にさしかかり、僕《ぼく》たちは進行方向《しんこうほうこう》から見《み》て右側《みぎがわ》の三河湾方面《みかわわんほうめん》の景色《けしき》に注目《ちゅうもく》した。

バスが上《うえ》へ上《うえ》へと上《のぼ》っていくにつれて、田《た》んぼと住宅《じゅうたく》と鉄塔《てっとう》くらいだった景色《けしき》の先《さき》に、港《みなと》と海《うみ》が現《あらわ》れる。それと同時《どうじ》に、埋《う》め立《た》て地《ち》の中《なか》にゆっくりと回《まわ》る風力発電《ふうりょくはつでん》のプロペラが見《み》えてきた。空《そら》が大《おお》きくなって、目《め》の前《まえ》に雄大《ゆうだい》なパノラマが広《ひろ》がる。だけど僕《ぼく》たちは風車《ふうしゃ》だけにじっと目《め》をこらしていた。

一本《ぽん》、二本《ほん》、三、四、五……

バスが最高地点《さいこうちてん》を走《はし》ったのは、ほんの二、三秒《びょう》くらいだった。道路《どうろ》が下《くだ》りにさしかかると、今《いま》までの風景《ふうけい》も、もちろん風車《ふうしゃ》もあっという間《ま》に僕《ぼく》たちの視界《しかい》から消《き》えてしまった。それでも僕《ぼく》たちはしばらくの間《あいだ》、同《おな》じ窓《まど》を見《み》つめ続《つづ》けていた。

「ね、ねえ……何本見《なんぼんみ》えた？」

「ぼくは四本《ほん》」

「うそ！　オレは五本《ほん》は見《み》えたよ？」

「私《わたし》も五本《ほん》。でも、離《はな》れた場所《ばしょ》にもあったように見《み》えたんだけど……」

三人《にん》で発表《はっぴょう》した答《こた》えもバラバラだった。しかもみんな自分《じぶん》の答《こた》えに自信《じしん》がない感《かん》じで、正《せい》解《かい》をしぼるにしても頼《たよ》りなさすぎる。

「どうしよう、これじゃあ何《なに》が正解《せいかい》かなんて決《き》められないよ」

「うん。しかも、風車《ふうしゃ》が見《み》える場所《ばしょ》はもう通《とお》らないし……」

困《こま》った僕《ぼく》たちは相談《そうだん》の末《すえ》、反対方向《はんたいほうこう》のバスに乗《の》りかえることにした。ルールブックを見《み》たら次《つぎ》の豊原駅方面《とよはらえきほうめん》のバスはすぐにくるようだったし、今《いま》の時間《じかん》は十時過《じす》ぎで、まだまだ余裕《よゆう》があると思《おも》ったからだ。

次《つぎ》の停留所《ていりゅうじょ》でバスを降《お》りて、道路《どうろ》の反対側《はんたいがわ》の停留所《ていりゅうじょ》に移動《いどう》する。それから木造《もくぞう》の小《ちい》さな待合室《まちあいしつ》で十分《ぷん》くらい待《ま》っていると、まっすぐな国道《こくどう》の向《む》こうからブルーラインのバスが現《あらわ》れる。

それに乗《の》った僕《ぼく》たちは、再《ふたた》び三河湾《みかわわん》の方《ほう》に目《め》をこらした。風車《ふうしゃ》の並《なら》んでいる場所《ばしょ》や見《み》えてくるタイミングがわかっているぶん、今度《こんど》はさっきよりも簡単《かんたん》に数《かぞ》えられそうだった。

バスは跨線橋《こせんきょう》に入《はい》り、思《おも》った通《とお》りのタイミングで風車《ふうしゃ》が見《み》えてくる。

素早《すばや》く数《かぞ》えようと目《め》をこらした、その瞬間《しゅんかん》。僕《ぼく》の目《め》に認《みと》めたくない光景《こうけい》が映《うつ》った。

三河湾側《みかわわんがわ》の豊原半島《とよはらはんとう》は海岸《かいがん》の一部《いちぶ》が埋《う》め立《た》て地《ち》になっていて、そこは豊原港《とよはらこう》という自動車《じどうしゃ》の輸出《ゆしゅつ》で有名《ゆうめい》な港《みなと》として利用《りよう》されている。海風《うみかぜ》を利用《りよう》した風力発電《ふうりょくはつでん》の風車《ふうしゃ》が並《なら》んでいるのもこの一帯《いったい》だ。

落《お》ち着《つ》いてよく見《み》てみると、その地域《ちいき》の風車《ふうしゃ》の数《かず》はさっきの印象《いんしょう》をはるかに上回《うわまわ》っていた。さっきリツキが言《い》った通《とお》りだった。冷静《れいせい》に景色《けしき》を見渡《みわた》してみると、遠《とお》くの方《ほう》でも夏《なつ》の空気《くうき》にかすんだ風車《ふうしゃ》がぽつぽつと点在《てんざい》している。その範囲《はんい》は広《ひろ》く、五本《ほん》や六本《ぽん》なんかでないのは間違《まちが》いない。

そんな事実《じじつ》に気《き》がついた時《とき》にはもう、跨線橋《こせんきょう》の一番高《いちばんたか》い所《ところ》を通過《つうか》してしまう。

リツキに「ねえ、何本《なんぼん》あった?」と聞《き》かれてはっと我《われ》にかえった僕《ぼく》は、貴重《きちょう》なチャンスを逃《のが》してしまったことに気《き》がついた。

「ごめん、全然《ぜんぜん》ダメだった。さっき見《み》えたよりも風車《ふうしゃ》がいっぱいあったのに驚《おどろ》いちゃって、数《かぞ》える余裕《よゆう》なかった」

「私《わたし》もだよ。絶対《ぜったい》に十本以上《ぽんいじょう》あったよね」

沈《しず》んだ声《こえ》のリツキの横《よこ》では、ミキノリもしょんぼりとこうべをたれている。ミキノリも失《しっ》敗《ぱい》したようだ。

「まさかこんなに大変《たいへん》だなんて……確《たし》かに『一番《いちばん》の難関《なんかん》』って言《い》うだけのことはあるな」

僕《ぼく》の言葉《ことば》に、リツキとミキノリも大《おお》きくうなずいた。

駅舎《えきしゃ》に戻《もど》ってきた僕《ぼく》たちを見《み》て、受付《うけつけ》のお姉《ねえ》さんが目《め》を丸《まる》くした。

「あれっ？　どうしたの君《きみ》たち。もしかして、運転手《うんてんしゅ》さんに答《こた》えを言《い》わなかったの？」

「思《おも》ってたよりずっと多《おお》くてびっくりしました。本当《ほんとう》に最難関《さいなんかん》の課題《かだい》ですね」

僕《ぼく》が元気《げんき》のない声《こえ》で言《い》うと、お姉《ねえ》さんは苦笑《にがわら》いを浮《う》かべた。

次《つぎ》の海水浴場《かいすいよくじょう》方面《ほうめん》バスは三十分後《ぷんご》。正午《しょうご》に近《ちか》づくほどバスは少《すく》なくなり、待《ま》たなければいけない時間《じかん》が長《なが》くなってくる。今度《こんど》こそ正解《せいかい》を出《だ》さないといけないけれど、さっきの風車《ふうしゃ》の数《かず》を思《おも》い浮《う》かべたら全然《ぜんぜん》できる気《き》がしない。リツキとミキノリも同《おな》じ気持《きも》ちらしく、バスを待《ま》っている間《あいだ》はみんな口数《くちかず》が少《すく》なく、待合室《まちあいしつ》のイスに座《すわ》ってじっとしていた。

ようやくバスがロータリーに現《あらわ》れ、僕《ぼく》たちは立《た》ち上《あ》がる。

その時《とき》、お姉《ねえ》さんが急《きゅう》にガラスの向《む》こうから「君《きみ》たち！」と呼《よ》び止《と》めた。

「今度《こんど》は運転手《うんてんしゅ》さんに答《こた》えを言《い》ってね。もしわからなくても、絶対《ぜったい》にそうするんだよ」

その言葉《ことば》の意味《いみ》がわからず、僕《ぼく》たちはあいまいにうなずくしかなかった。

動《うご》き出《だ》したバスの中《なか》で僕《ぼく》たちは一言《ひとこと》も言葉《ことば》をかわさず、跨線橋《こせんきょう》に到着《とうちゃく》するのを待《ま》ち続《つづ》けた。停留所《ていりゅうじょ》を通過《つうか》するごとに、ドキドキと胸《むね》の鼓動《こどう》が大《おお》きくなる。

いよいよバスが跨線橋《こせんきょう》に入《はい》る。結局《けっきょく》何《なに》も思《おも》いつかなかった僕《ぼく》は開《ひら》き直《なお》って、正確《せいかく》さを捨《す》ててでも全部《ぜんぶ》の風車《ふうしゃ》を数《かぞ》えることにした。

風景《ふうけい》がひらけてくると、僕《ぼく》はそれをざっと見渡《みわた》し、目《め》に映《うつ》った風車《ふうしゃ》の数《かず》を片《かた》っぱしからカウントしていった。そして、バスはすぐに最高地点《さいこうちてん》を通過《つうか》していった。

「みんなは何本《なんぼん》？　私《わたし》は十二本《ほん》だったけど」

「うっ……オレは十三本《ぼん》」

「ぼくは十本《ぽん》……」

今度《こんど》も全員《ぜんいん》バラバラだった。この時点《じてん》でもう、僕《ぼく》たちは間違《まちが》えてしまったかのようにガッカリしてしまう。

「……とにかくさ、この中《なか》から発表《はっぴょう》する正解《せいかい》を決《き》めようよ。さすがにまた戻《もど》るのは嫌《いや》だし、それに窓口《まどぐち》のお姉《ねえ》さんも『とにかく運転手《うんてんしゅ》さんに答《こた》えを伝《つた》えて』って言《い》ってたし」

リツキの言葉《ことば》に僕《ぼく》たちも賛成《さんせい》し、報告《ほうこく》する答《こた》えを決《き》めることにした。といっても自信《じしん》のある答《こた》えは一つもなく、悩《なや》んでもあまり意味《いみ》がなさそうだったので、中間《ちゅうかん》の答《こた》えだったリツキの十二本《ほん》に決《き》めた。

僕《ぼく》はさっそく次《つぎ》の信号待《しんごうま》ちで運転手《うんてんしゅ》さんの所《ところ》に行《い》き「風車《ふうしゃ》の数《かず》は十二本《ほん》です」と僕《ぼく》たちの答《こた》えを伝《つた》えた。

「はい、OK《オーケー》でーす。降《お》りる時《とき》にカードを見《み》せてください」

運転手《うんてんしゅ》さんから返《かえ》ってきたのはそんな返事《へんじ》だった。正解《せいかい》だったはずなのに、僕《ぼく》はそのあっさりした感《かん》じと言《い》い方《かた》に違和感《いわかん》を覚《おぼ》えてしまって、素直《すなお》に喜《よろこ》べなかった。

一番後《いちばんうし》ろの座席《ざせき》に戻《もど》ると、二人が身《み》を乗《の》り出《だ》して僕《ぼく》に聞《き》いてくる。

「どうだった？」

「えーと……一応《いちおう》、正解《せいかい》だったみたい……」

「よっしゃあー！」

「正解《せいかい》」という言葉《ことば》を聞《き》いて、ミキノリが素直《すなお》に歓喜《かんき》の叫《さけ》びをあげる。だけどリツキは僕《ぼく》がうかない顔《かお》をしているのに気《き》がついて、心配《しんぱい》そうにたずねてきた。

「『一応《いちおう》』ってどういうことなの？」

僕《ぼく》は、リツキに運転手《うんてんしゅ》さんに答《こた》えを伝《つた》えた時《とき》の様子《ようす》と、その時《とき》に感《かん》じた印象《いんしょう》を伝《つた》えた。するとリツキは下《した》を向《む》いて少《すこ》し考《かんが》えこみ、もう一度質問《いちどしつもん》した。

「運転手《うんてんしゅ》さんはその時《とき》『OK《オーケー》です』って言《い》ったんだよね？　『正解《せいかい》です』じゃなくて」

「そう。そこが何《なん》となく引《ひ》っかかるんだよなあ。普通《ふつう》は『正解《せいかい》』って言《い》う気《き》がするのに」

「もしかしたら、正解《せいかい》じゃなかったりして」

リツキは独《ひと》り言《ごと》のようにぽつりとつぶやくと、すっと立《た》ち上《あ》がって運転席《うんてんせき》の方《ほう》へ歩《ある》き出《だ》した。僕《ぼく》たちもリツキの行動《こうどう》を見守《みまも》るため、前《まえ》の席《せき》に移動《いどう》する。

「すいません。さっき答《こた》えた風車《ふうしゃ》の数《かず》なんですけど、あれで正解《せいかい》なんですか？」

信号待《しんごうま》ちを見計《みはか》らって、リツキがストレートな質問《しつもん》を投《な》げかける。運転手《うんてんしゅ》さんからもストレートな、そして僕《ぼく》たちを驚《おどろ》かせる返事《へんじ》が返《かえ》ってきた。

「いや、本当《ほんとう》はちがったと思《おも》うよ。たぶん」

その瞬間《しゅんかん》、僕《ぼく》たちの表情《ひょうじょう》が凍《こお》りついた。

運転手《うんてんしゅ》さんはそれから、さっきの「OK《オーケー》でーす」の理由《りゆう》を説明《せつめい》してくれた。

この課題《かだい》はまぎれもなくブルーラリーの中《なか》でも抜群《ばつぐん》の難《むずか》しさをほこるもので、問題《もんだい》を作《つく》った支所《ししょ》の人《ひと》たちの間《あいだ》でも、正解《せいかい》を出《だ》すのは至難《しなん》の業《わざ》だと言《い》われていたそうだ。しかも一度《いちど》間違《まちが》えると僕《ぼく》たちのように跨線橋《こせんきょう》の前《まえ》まで戻《もど》らなければならず、ここでギブアップする子《こ》が続出《ぞくしゅつ》する心配《しんぱい》がある。そのためここの課題《かだい》では、実《じつ》は「どんな答《こた》えを言《い》ってもスタンプがもらえる」という特別《とくべつ》ルールが用意《ようい》されていたそうだ。だからさっきの僕《ぼく》の答《こた》えも、運転手《うんてんしゅ》さんは「正解《せいかい》」ではなく「OK《オーケー》」と言《い》ったというわけだ。

それを聞《き》いて僕《ぼく》は納得《なっとく》したけれど、同時《どうじ》に強《つよ》い疑問《ぎもん》がこみ上《あ》げてくる。「これでいいのだろうか?」と。

確《たし》かにこれ以上後戻《いじょうあともど》りするのは嫌《いや》だし、時間《じかん》が限《かぎ》られている僕《ぼく》たちは一分《ぷん》でも早《はや》く「6」のスタンプがほしい。

でも……僕《ぼく》は気《き》がつくと、バスの降車《こうしゃ》ボタンを押《お》していた。ブザーの音《おと》が車内《しゃない》に響《ひび》くと、運転手《うんてんしゅ》さんがびっくりしたようにチラッと僕《ぼく》の方《ほう》にふり返《かえ》った。

「どうしたの? 七番目《ばんめ》のポイントはもっと先《さき》の停留所《ていりゅうじょ》だよ」

「いいんです。私《わたし》たち、もう一度《いちど》六番目《ばんめ》の問題《もんだい》に挑戦《ちょうせん》します」

僕《ぼく》に代《か》わってリツキが、運転手《うんてんしゅ》さんの言葉《ことば》に答《こた》えてくれた。

僕《ぼく》がはっとふり向《む》くと、リツキは迷《まよ》いのない笑顔《えがお》を浮《う》かべて運転手《うんてんしゅ》さんを見《み》ていた。

「ええっ? やめておいた方《ほう》がいいよ! 本当《ほんとう》の答《こた》えを見《み》つけようとしたら、あとどれくらい時間《じかん》がかかるかなんてわからないから! この時間《じかん》はバスだって少《すく》ないし」

「ありがとうございます。だけど私《わたし》たちは、ちゃんと課題《かだい》をクリアした上《うえ》でスタンプを押《お》してもらいたいんです」

リツキの話《はなし》を聞《き》いた運転手《うんてんしゅ》さんは、返《かえ》す言葉《ことば》もないといった様子《ようす》で黙《だま》りこんでしまう。もしかしたら、ブルーラリーにここまで熱《あつ》くなっている子《こ》どもを初《はじ》めて見《み》て驚《おどろ》いたのかもしれない。

それから僕《ぼく》たちは本当《ほんとう》に、次《つぎ》の停留所《ていりゅうじょ》でバスを降《お》りてしまった。「もう知《し》らん」とでも言《い》うかのように遠《とお》ざかっていくバスの後《うし》ろ姿《すがた》を見送《みおく》ると、横断歩道《おうだんほどう》を渡《わた》って反対側《はんたいがわ》の停留所《ていりゅうじょ》に向《む》かった。最初《さいしょ》に時刻表《じこくひょう》を見《み》たリツキが、悲鳴《ひめい》のような声《こえ》をあげた。

「そんなあ！　次《つぎ》のバス、一時間後《じかんご》だって！」

「ええっ！」

それを聞《き》いた僕《ぼく》とミキノリも、声《こえ》をそろえて叫《さけ》ぶ。思《おも》わずさっきのバスが走《はし》り去《さ》った先《さき》を見《み》たけれど、もちろんその姿《すがた》はもう跡形《あとかた》もない。コンクリートの歩道《ほどう》にひざをついて倒《たお》れたい気分《きぶん》だった。

両側《りょうがわ》を田《た》んぼに挟《はさ》まれた国道沿《こくどうぞ》いの景色《けしき》はやけにがらんとしていて、さえぎるもののない夏《なつ》の日差《ひざ》しがじりじりと痛《いた》めつけてくる。こんな空《そら》の下《した》で一時間《じかん》……まるで僕《ぼく》の間違《まちが》った判断《はんだん》を、空《そら》があざ笑《わら》っているかのようだ。

「みんなごめん……僕《ぼく》が勝手《かって》なことをしたせいで、こんな思《おも》いさせちゃって。ルールブックの時刻表《じこくひょう》を見《み》てから言《い》えばよかったのに」

「気《き》にすることないよ。ハルト君《くん》があそこでボタンを押《お》さなかったら、絶対《ぜったい》に私《わたし》が押《お》してたから。あの跨線橋《こせんきょう》に戻《もど》らないといけないのは同《おな》じなんだしさ」

「そうだよ兄《にい》ちゃん。がんばろうぜ」

弱気《よわき》になった僕《ぼく》が謝《あやま》ると、二人は逆《ぎゃく》に優《やさ》しい言葉《ことば》をかけてはげましてくれた。その気持《きも》ちが嬉《うれ》しかった僕《ぼく》は、おかげで元気《げんき》を取《と》り戻《もど》すことができた。

でも……心《こころ》が元気《げんき》になったとはいっても、この暑《あつ》さはどうすることもできない。しかもこのバス停《てい》には待合室《まちあいしつ》どころか、日陰《ひかげ》になりそうな場所《ばしょ》も見当《みあ》たらなかった。最悪《さいあく》だ。

幸《さいわ》いリツキがショルダーバッグの中《なか》に夕立《ゆうだ》ち対策《たいさく》の折《お》りたたみ式《しき》の傘《かさ》を持《も》っていてくれたおかげで、熱中症《ねっちゅうしょう》になるのはギリギリ防《ふせ》げそうだった。だけど小《ちい》さな傘《かさ》の下《した》に三人《にん》が身《み》を寄《よ》せあっているから、日陰《ひかげ》なのにとんでもなく暑苦《あつくる》しい。この状態《じょうたい》で一時間過《じかんす》ごすのはムリがある気《き》がする。

6　グッドラック

これって、結構《けっこう》まずい状況《じょうきょう》なんじゃない……？　汗《あせ》をだくだく流《なが》しながらそんな話《はなし》をしていると、道路《どうろ》の反対側《はんたいがわ》の車線《しゃせん》に一台《だい》の車《くるま》が近《ちか》づいてきた。そしてなぜか、僕《ぼく》たちの正面《しょうめん》で停車《ていしゃ》する。

不思議《ふしぎ》に思《おも》って注目《ちゅうもく》していると、運転席《うんてんせき》の窓《まど》がすーっと開《あ》いた。そこから顔《かお》を出《だ》したのは、あの窓口《まどぐち》のお姉《ねえ》さんだった。

「ふふふっ、君《きみ》たち何《なに》やってるの？」

快晴《かいせい》の空《そら》の下《した》、折《お》りたたみ傘《がさ》の下《した》に集《あつ》まっている僕《ぼく》たちを見《み》たお姉《ねえ》さんがおかしそうに声《こえ》をかけてきた。

僕《ぼく》たちはどうしてお姉《ねえ》さんがこんな場所《ばしょ》にやってきたのかわからず、傘《かさ》に入《はい》ったままぼうぜんと車《くるま》を見《み》つめた。

「さっきの橋《はし》に戻《もど》るんでしょう？　乗《の》せてってあげる」

受付《うけつけ》の時《とき》とはちょっとちがう、お姉《ねえ》さんのりんとした声《こえ》が響《ひび》く。

その言葉《ことば》に僕《ぼく》たちは「助《たす》かった」と思《おも》ったけれど、同時《どうじ》に迷《まよ》いも感《かん》じていた。バスに乗《の》って移動《いどう》しないのも、ちゃんと課題《かだい》をクリアしたとは言《い》えないのではないかと思《おも》ったのだ。

「そこで待《ま》ってると危《あぶ》ないよ！　熱中症《ねっちゅうしょう》で一時間《じかん》もしないうちに倒《たお》れちゃうかも！」

だけどそのお姉《ねえ》さんの言葉《ことば》を聞《き》いて、僕《ぼく》たちの迷《まよ》いは一気《いっき》に吹《ふ》き飛《と》んだ。ここで倒《たお》れてしまっては旅《たび》どころではなくなってしまう。

僕《ぼく》たちは急《いそ》いで反対側《はんたいがわ》の道路《どうろ》にわたり、お姉《ねえ》さんの乗《の》ってきた五人乗《にんの》りタイプの乗用車《じょうようしゃ》に乗《の》せてもらった。

助手席《じょしゅせき》にリツキ、後《うし》ろのシートに僕《ぼく》とミキノリが座《すわ》る。車《くるま》は方向転換《ほうこうてんかん》のために、まずは跨《こ》線橋《せんきょう》とは反対《はんたい》の方向《ほうこう》に向《む》かって走《はし》り出《だ》した。

発進《はっしん》から少《すこ》しして、リツキがお姉《ねえ》さんに質問《しつもん》した。

「あの、どうして来《き》てくれたんですか？」

「さっき君《きみ》たちが乗《の》ってたバスの運転手《うんてんしゅ》さんがね、停留所《ていりゅうじょ》で時間調整《じかんちょうせい》している間《あいだ》に知《し》らせてくれたのよ。『ずいぶんとマジメにブルーラリーをやってる子《こ》どもたちがいて、六番目《ばんめ》の課題《かだい》で正解《せいかい》を出《だ》すために途中《とちゅう》のバス停《てい》で降《お》りていった』って。きっとすごく気《き》がかりで、問《もん》題《だい》を出《だ》した私《わたし》たちの支所《ししょ》に連絡《れんらく》してくれたんでしょうね。私《わたし》はそれを聞《き》いてすぐに君《きみ》たちだってわかったし、ちょうどお昼休《ひるやす》みに入《はい》るところだったから、すぐさまレスキューしにきたってわけ」

フロントミラーに映《うつ》っているお姉《ねえ》さんの顔《かお》に苦笑《にがわら》いが浮《う》かぶ。僕《ぼく》たちは最初《さいしょ》から暑《あつ》さで赤《あか》らんでいたほっぺをますます赤《あか》くさせてうつむいた。

まさか僕《ぼく》たちの行動《こうどう》が、あの運転手《うんてんしゅ》さんやお姉《ねえ》さんにまで迷惑《めいわく》をかけていたとは思《おも》いもよらなかった。少《すこ》し嬉《うれ》しかったけれど、それ以上《いじょう》に申《もう》しわけない気持《きも》ちになってしまう。

僕《ぼく》たちが「ごめんなさい」としょんぼりした声《こえ》で謝《あやま》ると、お姉《ねえ》さんは一転《いってん》して明《あか》るい笑顔《えがお》を見《み》せてくれた。

「気《き》にしなくていいって！　私《わたし》たちの会社《かいしゃ》だって嬉《うれ》しいんだよ。この企画《きかく》にそこまで真剣《しんけん》にチャレンジしてくれる子《こ》どもなんてめったにいないから。でも、これからは夏《なつ》の日差《ひざ》しには本当《ほんとう》に注意《ちゅうい》するんだよ。ここから先《さき》はどんどん田舎《いなか》になるんだし、ちょうどお盆《ぼん》の今《いま》くらいが暑《あつ》さのピークだって言《い》われてるしね」

「はいっ！」

僕《ぼく》たちはお姉《ねえ》さんの忠告《ちゅうこく》にしっかりとうなずいた。ぐっと緊張感《きんちょうかん》が増《ま》したけれど、お姉《ねえ》さんがそんな心配《しんぱい》をしてくれることが嬉《うれ》しかった。

それからお姉《ねえ》さんは「君《きみ》たちは地元《じもと》の子《こ》？」と聞《き》いてきた。そこで僕《ぼく》とミキノリは地元《じもと》だけれど、リツキは北海道《ほっかいどう》から来《き》たことを伝《つた》えると「へえーっ！　北海道《ほっかいどう》！」と驚《おどろ》いた声《こえ》を出《だ》した。だけどそれからリツキが豊原《とよはら》へ来《き》た理由《りゆう》を教《おし》えると、

「はあーっ？　ブルーラリーのために、わざわざ北海道《ほっかいどう》から来《き》たのぉ？」

と、とんでもない大声《おおごえ》で叫《さけ》んだ。一瞬《いっしゅん》運転《うんてん》が乱《みだ》れて、僕《ぼく》たちはヒヤリとしてしまう。

「う……うそでしょう？　シーズンごとに地元《じもと》の小学校《しょうがっこう》に宣伝《せんでん》をお願《ねが》いしているのに参加者《さんかしゃ》はごくわずか、子《こ》どもたちからは『地味《じみ》』とか『ほとんど田《た》んぼか住宅地《じゅうたくち》なのに、九か所《しょ》なんてポイント多《おお》すぎ』とか散々《さんざん》言《い》われ続《つづ》けているこのブルーラリーをやるために、わざわざ北海道《ほっかいどう》から来《き》たなんて……」

お姉《ねえ》さんの言葉《ことば》を聞《き》いた僕《ぼく》は目《め》を丸《まる》くした。だってその言葉《ことば》は、僕《ぼく》がよく友《とも》だちと言《い》っていた悪口《わるぐち》そのままだったからだ。

「バス会社《がいしゃ》の人《ひと》も知《し》ってたんですか？　そんなふうに言《い》われてたって」

「認《みと》めたくないんだけど、アンケートとか小学生《しょうがくせい》の子《こ》どもがいる社員《しゃいん》さんの話《はなし》でわかっちゃうものなのよ。会社《かいしゃ》でもなんとか盛《も》り上《あ》げようとシーズンごとに少《すこ》しずつ内容《ないよう》を変《か》えてるんだけど、ブルーライン沿線《えんせん》の観光資源《かんこうしげん》だとできることは限《かぎ》られちゃうの。だってスナックまでポイントになっているなんて、考《かんが》えてみたらとんでもない話《はなし》だと思《おも》うでしょう？　だからここだけの話《はなし》、いっそ企画自体《きかくじたい》をやめようかって話《はなし》もあがってきてるんだよね」

「えっ、ブルーラリーなくなっちゃうかもしれないんですか？」

僕《ぼく》が驚《おどろ》いてたずねると、お姉《ねえ》さんはふっと表情《ひょうじょう》をやわらげる。

「どうなんだろうねえ。私《わたし》は支所勤《ししょづと》めだからそんなに詳《くわ》しいことはわからないんだけど、何《なん》だかんだ言《い》っても大丈夫《だいじょうぶ》なんじゃないかな？　それほどお金《かね》もかかってない企画《きかく》だし、今《いま》までもそんな話《はなし》があったみたいだけど、いまだにこうして続《つづ》いているしね。それに、このためだけに北海道《ほっかいどう》から来《き》てくれた子《こ》もいるって聞《き》いたら、簡単《かんたん》に廃止《はいし》になんてできないでしょう。まあ、ポイントを減《へ》らすとかの変更《へんこう》はあるかもしれないけど」

国道沿《こくどうぞ》いにやっと小《ちい》さなドライブインが現《あらわ》れて、車《くるま》は方向転換《ほうこうてんかん》することができた。いよいよ四回目《かいめ》の挑戦《ちょうせん》が始《はじ》まる。

僕《ぼく》たちはさっきのバス待《ま》ちの間《あいだ》に、相談《そうだん》して決《き》めておいた作戦《さくせん》があった。

埋《う》め立《た》て地《ち》である豊原港《とよはらこう》は運河《うんが》によっていくつかのブロックに仕切《しき》られていて、風車《ふうしゃ》はそれぞれのブロックにポツポツと点在《てんざい》する形《かたち》で立《た》っている。それが数《かぞ》えるのを難《むずか》しくさせている原因《げんいん》だった。だけど今度《こんど》はそこを逆《ぎゃく》に利用《りよう》して、三人《にん》で分担《ぶんたん》して風車《ふうしゃ》を数《かぞ》えることに決《き》めたのだ。

「さっき言《い》った通《とお》りだからな。ミキノリは一番近《いちばんちか》くに見《み》える二つのブロック。リツキはその少《すこ》し先《さき》の大《おお》きいクレーンのついたブロック。僕《ぼく》はそれより奥《おく》のブロックを数《かぞ》えるから」

僕《ぼく》の言葉《ことば》に、リツキとミキノリが力強《ちからづよ》くうなずく。確認《かくにん》が終《お》わると、やり取《と》りを聞《き》いていたお姉《ねえ》さんが「あのさ」と声《こえ》をかけてきた。

「さっきから気《き》になっていたんだけど、どうしてそんなにブルーラリーに熱心《ねっしん》なの？　もちろん嬉《うれ》しいんだけど、わざわざ北海道《ほっかいどう》から来《き》てもらったっていうと、かえって申《もう》しわけない気持《きも》ちもするし……」

質問《しつもん》するお姉《ねえ》さんの気持《きも》ちが、僕《ぼく》にはよくわかった。なぜならその疑問《ぎもん》は、僕《ぼく》もしばらく抱《いだ》き続《つづ》けていたものだったからだ。昨日《きのう》の帰《かえ》り道《みち》にリツキが自分《じぶん》の気持《きも》ちや意気《いき》ごみを打《う》ち明《あ》けてくれたおかげで、僕《ぼく》たちはやっと理由《りゆう》を知《し》ることができたのだ。

そしてリツキはそれと同《おな》じ話《はなし》を、お姉《ねえ》さんにも語《かた》り始《はじ》めた。

「私《わたし》、青《あお》を集《あつ》めに来《き》たんです」

「青《あお》を集《あつ》める？」

リツキはうなずき、パスケースの裏《うら》を見《み》せた。正確《せいかく》には、その裏《うら》に押《お》されている五つのスタンプを。

「これが私《わたし》の『青《あお》』です」

お姉《ねえ》さんは運転《うんてん》に気《き》をつけつつ、リツキが見《み》せた五つの「青《あお》」を不思議《ふしぎ》そうにながめた。ルームミラーに映《うつ》る表情《ひょうじょう》は、すごく興味《きょうみ》を持《も》ってはいるものの、まだリツキの気持《きも》ちをつかめていない……という感《かん》じだった。このままだと、お姉《ねえ》さんに理解《りかい》してもらうには時間《じかん》がかかってしまいそうだ。僕《ぼく》は少《すこ》し迷《まよ》ったけれど、二人の会話《かいわ》に口《くち》をはさむことにした。

「あの……リツキの青《あお》は、僕《ぼく》たちの青《あお》とはちがうんです」

「青《あお》がちがう？」

僕《ぼく》の言葉《ことば》を聞《き》いたお姉《ねえ》さんはぼうぜんとした声《こえ》で今《いま》の言葉《ことば》をくり返《かえ》し、リツキを見《み》る。リツキはこくんとうなずいた。

「お姉《ねえ》さんやハルト君《くん》たちに見《み》えている青《あお》っていう色彩《しきさい》は、私《わたし》の中《なか》には存在《そんざい》しないんです。そのかわり私《わたし》が青《あお》いものを見《み》た時《とき》には、すごく不思議《ふしぎ》な……その、抽象的《ちゅうしょうてき》な感《かん》じに映《うつ》るんです。単《たん》なる色《いろ》じゃなくて、その中《なか》には私《わたし》の思《おも》い出《で》とか心《こころ》の一部《いちぶ》がそのまま映《うつ》し出《だ》されるような、そんな感《かん》じがするんです」

リツキの話《はなし》にお姉《ねえ》さんはふむふむとうなずくものの、リツキが伝《つた》えようとしているイメージがまだ完全《かんぜん》にわかってはいないようだった。ルームミラーに映《うつ》る瞳《ひとみ》が何度《なんど》も左右《さゆう》に泳《およ》ぐ様子《ようす》からは、お姉《ねえ》さんが一生懸命頭《いっしょうけんめいあたま》を働《はたら》かせて、リツキの言葉《ことば》を理解《りかい》しようとしているのが伝《つた》わってくる。

僕《ぼく》の場合《ばあい》は昨日《きのう》の絵《え》のおかげで、ミキノリの場合《ばあい》は雲《くも》の形《かたち》を聞《き》いたおかげで、リツキにとっての青《あお》がどういうものなのかを理解《りかい》することができた。だけど僕《ぼく》たちがそれを言葉《ことば》で表現《ひょうげん》するのは、すごく難《むずか》しい。それと同《おな》じように、言葉《ことば》だけでリツキにとっての「青《あお》」を知《し》ることも大変《たいへん》であるにちがいない。僕《ぼく》とミキノリの中《なか》にあるこの「理解《りかい》」というのは、リツキと一緒《いっしょ》に旅《たび》を続《つづ》けた僕《ぼく》たちだけの賜物《たまもの》なのかもしれない。

「それじゃあさ、青《あお》を集《あつ》めに来《き》た理由《りゆう》は何《なん》なの？　夏休《なつやす》みだからって、わざわざ北海道《ほっかいどう》から愛知《あいち》まで来《く》るのは覚悟《かくご》がいるでしょう。特別《とくべつ》な理由《りゆう》があったんじゃない？」

難《むずか》しいクイズのヒントを求《もと》めるように、お姉《ねえ》さんがさらに質問《しつもん》をした。だけどリツキが答《こた》えようとした時《とき》、今《いま》まで黙《だま》っていたミキノリが急《きゅう》に口《くち》をはさんできた。

「リッキはね、さっきょくするんだぜえ！」

ミキノリはまるで自分《じぶん》のことを自慢《じまん》するように、ほこらしげに叫《さけ》んだ。お姉《ねえ》さんは「えっ？」と再《ふたた》び驚《おどろ》いた声《こえ》を出《だ》し、リッキを見《み》る。

「君《きみ》……作曲《さっきょく》とかするの？」

お姉《ねえ》さんに聞《き》かれたリッキはあいまいな笑顔《えがお》を浮《う》かべ、ためらうようにうなずいた。

「実《じつ》は一度《いちど》もやったことがないんです。だけど私《わたし》は北海道《ほっかいどう》でピアノを習《なら》っていて、九月に市《し》民芸術祭《みんげいじゅつさい》っていうのに参加《さんか》することになっているんですよ。しかも、そこで演奏《えんそう》する曲目《きょくもく》の中《なか》に自分《じぶん》で作《つく》った曲《きょく》を入《い》れる、っていう条件《じょうけん》を先生《せんせい》から出《だ》されてるんです」

「へえ……小学生《しょうがくせい》に作曲《さっきょく》させて、しかもそんな大舞台《おおぶたい》で披露《ひろう》させるなんて、かなり厳《きび》しい条《じょう》件出《けんだ》すんだね。その先生《せんせい》」

お姉《ねえ》さんの素直《すなお》な感想《かんそう》に、リッキは苦笑《にがわら》いを浮《う》かべた。

「私《わたし》は作曲《さっきょく》のテーマを『青《あお》』にしようと思《おも》ったんです。青《あお》は私《わたし》にとってすごく特別《とくべつ》で、大切《たいせつ》なものだったので。でも今《いま》までの私《わたし》の経験《けいけん》だと、そのイメージっていうのが全然《ぜんぜん》ふくらんでこなくて、先生《せんせい》に相談《そうだん》したんです。そしたら先生《せんせい》の故郷《こきょう》のバス会社《がいしゃ》で『ブルーラリー』っていうスタンプラリーをやってるって教《おし》えてくれて、行《い》こうって決《き》めたんです」

つまりリツキがここに来《き》た理由《りゆう》とは、作曲《さっきょく》のイメージ作《づく》りのために青《あお》と強《つよ》く結《むす》びつく思《おも》い出《で》を集《あつ》めたかったからだった。リツキにとってはブルーラリーのスタンプの一つひとつの中《なか》に、それぞれの課題《かだい》の中《なか》での体験《たいけん》やリツキが感《かん》じた気持《きも》ちがこめられているという。

説明《せつめい》を終《お》えたリツキが、そうっとお姉《ねえ》さんの方《ほう》にふり返《かえ》った。「自分《じぶん》のことが理解《りかい》してもらえたかどうか、おそるおそるうかがう」といった様子《ようす》で。

だけど、お姉《ねえ》さんは相変《あいか》わらず目《め》を泳《およ》がせてから「ごめん」と謝《あやま》った。

「君《きみ》の言《い》ってること、完全《かんぜん》にはわからなかった。いきなりだと難《むずか》しくって」

その返事《へんじ》を聞《き》いたリツキががっくりと肩《かた》を落《お》とす。だけどお姉《ねえ》さんはすぐに「でもね」とつけ加《くわ》え、話《はなし》を続《つづ》けた。

「何《なん》だかすごく嬉《うれ》しかったよ。大《おお》げさかもしれないけど、この仕事《しごと》やっててよかったって思《おも》った」

「本当《ほんとう》ですか？」

「本当《ほんとう》です！」

笑顔《えがお》でうなずくお姉《ねえ》さんを見《み》て、リツキはすぐに元気《げんき》を取《と》り戻《もど》した。それを後《うし》ろで見《み》ていた僕《ぼく》たちも、リツキと同《おな》じくらい嬉《うれ》しかった。

ちょうど話《はなし》がひと段落《だんらく》ついた頃《ころ》、やっと前方《ぜんぽう》にあの跨線橋《こせんきょう》が見《み》えてきた。

「それじゃあ、あれが君《きみ》たちにとっての六番目《ばんめ》の『青《あお》』なんだね」

「そうです！」

「わかった。君《きみ》たちの情熱《じょうねつ》に敬意《けいい》をこめて、あえてスピードを落《お》とすなんてことはしないからね。がんばって！」

お姉《ねえ》さんの言葉《ことば》に、僕《ぼく》たちはしっかりとうなずいた。その直後《ちょくご》、車《くるま》が上《のぼ》り坂《ざか》にさしかかる。背中《せなか》に感《かん》じるかすかな重力《じゅうりょく》。さっきまで僕《ぼく》たちと同《おな》じ高《たか》さでそよいでいた稲穂《いなほ》は見下《みお》ろす形《かたち》になり、みるみる小《ちい》さくなっていく。

ほんの少《すこ》し空《そら》に近《ちか》づいた僕《ぼく》たちの目《め》に、やがて遠《とお》くの港《みなと》が見《み》えてきた。

僕《ぼく》はすぐに決《き》まっていた位置《いち》に注目《ちゅうもく》し、そこに立《た》っている風車《ふうしゃ》を数《かぞ》えた。今度《こんど》は一部《いちぶ》だけでいいから簡単《かんたん》だ。数《かぞ》え終《お》わってから景色《けしき》が見《み》えなくなるまで、ほんの少《すこ》しだけれど余裕《よゆう》があったくらいだ。

跨線橋《こせんきょう》を抜《ぬ》けると、僕《ぼく》たちはすぐにそれぞれの結果《けっか》を報告《ほうこく》した。

「オレは四本《ほん》だった！」

「私《わたし》も四本《ほん》！」

「ぼくは五本《ほん》！」

それからふと、僕《ぼく》たちは黙《だま》りこんだ。それぞれ頭《あたま》の中《なか》で答《こた》えを計算《けいさん》しているのだ。

「じゃあ、正解《せいかい》は……」

「ちょっと待《ま》って！　せっかくだし、みんなで一緒《いっしょ》に報告《ほうこく》しようよ」

「わかった。それじゃあ行《い》くよ。せーの……」

十三本《ぼん》！　僕《ぼく》たちのそろった声《こえ》が車《くるま》の中《なか》に響《ひび》いた。

お姉《ねえ》さんは課題《かだい》を言《い》った時《とき》と同《おな》じようにニィーッと笑《わら》い、僕《ぼく》たちを順番《じゅんばん》に見回《みまわ》した。僕《ぼく》たちは息《いき》をするのも忘《わす》れるほど緊張《きんちょう》して、その口《くち》から結果《けっか》が出《で》るのを待《ま》った。その数秒後《すうびょうご》。

「正解《せいかい》でーす！　おめでとう！」

聞《き》こえてきたのはお姉《ねえ》さんの明《あか》るい声《こえ》だった。だけど僕《ぼく》たちは、じっとお姉《ねえ》さんを見続《みつづ》ける。まだまだ油断《ゆだん》はできないからだ。

「うっ……ちょっと、なに疑《うたが》ってるのよ！　これは本当《ほんとう》に正解《せいかい》だよ！　ちゃんと支所《ししょ》で資《し》料《りょう》も見《み》て、調《しら》べてきたんだから！」

お姉《ねえ》さんはそう言《い》うと制服《せいふく》の胸《むね》ポケットから一枚《まい》のメモを取《と》り出《だ》し、リツキに見《み》せた。

「本当《ほんとう》だ！『十三基《き》』って書《か》いてある！」

それを聞《き》いて、僕《ぼく》たちは初《はじ》めて大歓声《だいかんせい》をあげた。最難関《さいなんかん》の課題《かだい》を四回目《かいめ》でやっとクリアすることができたのだ。大変《たいへん》だったぶん、成功《せいこう》した時《とき》の喜《よろこ》びも今《いま》までで一番《いちばん》だった。

無邪気《むじゃき》にはしゃぐ僕《ぼく》たちを、ミラーに映《うつ》るお姉《ねえ》さんはしみじみとした笑顔《えがお》で見《み》つめていた。

僕《ぼく》たちはそのまま、お姉《ねえ》さんの車《くるま》で三方丘駅《みかたがおかえき》まで乗《の》せてもらった。お姉《ねえ》さんが「どうせ次《つぎ》のバスを待《ま》つんだったら、大《おお》きくて涼《すず》しい駅舎《えきしゃ》の中《なか》で待《ま》つのが一番《いちばん》いいよ」と言《い》ってそうしてくれたのだ。

窓口《まどぐち》に戻《もど》ったお姉《ねえ》さんにケースの中《なか》のカードを渡《わた》す。だけど「6」のスタンプは普通《ふつう》はバスの運転手《うんてんしゅ》さんに押《お》してもらうことになっているから、ここにはないはずだ。

「スペシャルバージョンにしてあげるよ。と言《い》っても、私《わたし》の手描《てが》きだけど」

お姉《ねえ》さんはスタンプが押《お》されるはずだったスペースに、さらさらと青《あお》いボールペンを走《はし》らせる。でもそれは「6」の数字《すうじ》ではなく、なぜか手《て》のイラストだった。外国《がいこく》のテレビドラマか映画《えいが》でよく見《み》るような、親指《おやゆび》を上《うえ》に突《つ》き出《だ》した形《かたち》をしている。

僕《ぼく》たちはすぐにその意味《いみ》がわからず、頭《あたま》の上《うえ》に「?」マークが浮《う》かんでいるような顔《かお》をお姉《ねえ》さんに向《む》けた。するとお姉《ねえ》さんは僕《ぼく》たちに向《む》かって、右手《みぎて》でそれと同《おな》じ形《かたち》を作《つく》ってみせた。

「グッジョブ!ってやつね。ほら、この時《とき》の手《て》の形《かたち》ってなんとなく数字《すうじ》の6に似《に》ているでし

豊原
①
②
③
④
⑤

よう？」

「あっ、そうかあ！」

それを聞《き》いて改《あらた》めてお姉《ねえ》さんの描《か》いた手《て》のイラストに目《め》をやると、本当《ほんとう》に「6」の字《じ》に見《み》えてきた。確《たし》かにこれはスペシャルバージョンだと思《おも》い、妙《みょう》に感動《かんどう》してしまう。

それから僕《ぼく》たちは、待合室《まちあいしつ》で遅《おそ》い昼食《ちゅうしょく》をとった。そしてロータリーにバスが到着《とうちゃく》するのが見《み》えると、お姉《ねえ》さんにもう一度《ど》頭《あたま》を下《さ》げて立《た》ち上《あ》がった。

するとお姉《ねえ》さんは僕《ぼく》たちにニィーッと笑《わら》いかけて、もう一度《いちど》右手《みぎて》でスペシャルバージョンの「6」の形《かたち》を作《つく》った。

え？　どうして今《いま》「グッジョブ！」なんだろう……その意味《いみ》がすぐにわからず、ぽかんとしていると、お姉《ねえ》さんは元気《げんき》な声《こえ》で僕《ぼく》たちを送《おく》り出《だ》してくれた。その手《て》が意味《いみ》するもう一つの言葉《ことば》で。

「グッドラック！　素敵《すてき》な青《あお》を見《み》つけてね！」

僕《ぼく》たちはその言葉《ことば》にしっかりうなずくと、停留所《ていりゅうじょ》で待《ま》っているバスに向《む》かって駆《か》け出《だ》した。

ここからバスに乗《の》るのは、今日《きょう》だけでもう三回目《かいめ》。だけど今度《こんど》は間違《まちが》いなく、もっと先《さき》まで僕《ぼく》たちを連《つ》れていってくれるはずだ。やっと僕《ぼく》たちの旅《たび》が遠《とお》くへと動《うご》き始《はじ》める。

7 虫《むし》とり

バスが動《うご》き出《だ》して少《すこ》したった頃《ころ》、リツキがぽつりとつぶやいた。

「チャレンジしている時《とき》は言《い》いにくかったんだけど……さっきの課題《かだい》をやっている時《とき》、本当《ほんとう》はちょっと楽《たの》しかったんだ。あんなふうに景色《けしき》が『ふわっ』て急《きゅう》に広《ひろ》がるのが大好《だいす》きなの。それに、海《うみ》がたくさん見《み》えたし」

リツキはまるでイタズラを告白《こくはく》するかのように申《もう》しわけなさそうにはにかんで、さっきの課題《かだい》の最中《さいちゅう》に思《おも》っていたことを打《う》ち明《あ》けた。でも僕《ぼく》たちは腹《はら》を立《た》てるどころか、リツキの気《き》持《も》ちがわかるような気《き》がした。

跨線橋《こせんきょう》が近《ちか》づく時《とき》はいつもドキドキしていたけれど、それは緊張《きんちょう》だけじゃなかった。田《た》んぼに囲《かこ》まれていた景色《けしき》の向《む》こうにふっと港《みなと》と海《うみ》が見《み》えたあの瞬間《しゅんかん》、僕《ぼく》は確《たし》かに爽快《そうかい》な気分《きぶん》も感《かん》じていたのだ。

そんな話《はなし》をしている間《あいだ》に、バスは三方丘駅《みかたがおかえき》から二つ目《め》の停留所《ていりゅうじょ》を通過《つうか》した。目《め》の前《まえ》にはあの跨線橋《こせんきょう》が見《み》えてくる。誰《だれ》かが言《い》うわけでもなく、僕《ぼく》たちはそろって三河湾《みかわわん》の方《ほう》に目《め》をこらしていた。

やっと課題《かだい》から解放《かいほう》された僕《ぼく》たちにとって、ちゃんと海岸《かいがん》の景色《けしき》を見《み》るのはこれが初《はじ》めてだった。鮮烈《せんれつ》な青空《あおぞら》に浮《う》かんだ、大《おお》きな入道雲《にゅうどうぐも》。海面《かいめん》に白《しろ》い陽光《ようこう》がチカチカと瞬《また》く穏《おだ》やかな三河湾《みかわわん》。灰色《はいいろ》の埋《う》め立《た》て地《ち》にブロックのように積《つ》まれているコンテナ。びっしりと並《なら》ぶ自動《じどう》車《しゃ》のシルエット。空《そら》に向《む》かって大《おお》きく突《つ》き出《だ》したクレーンの赤《あか》と白《しろ》。そして、海風《うみかぜ》を受《う》けてゆっくりと回《まわ》り続《つづ》ける風力発電《ふうりょくはつでん》のプロペラ……そんないかにも夏《なつ》らしい風景《ふうけい》に心《こころ》をうばわれた僕《ぼく》は、何度《なんど》も見《み》てきたこの景色《けしき》と少《すこ》しの間《あいだ》でも離《はな》れるのが寂《さび》しくなった。

次《つぎ》にここを通《とお》るのは、今日《きょう》の旅《たび》が終《お》わって家《いえ》に帰《かえ》る時《とき》。その頃《ころ》には僕《ぼく》たちはどれくらいの青《あお》を集《あつ》めているのだろう？　その間《あいだ》にどんな出来事《できごと》が待《ま》っているのだろう？　不安《ふあん》と期待《きたい》を乗《の》せて、バスはどんどん半島《はんとう》の奥《おく》へと進《すす》んでいく。

「ねえ、リツキは空《そら》と海《うみ》のどっちが好《す》きなの？」

跨線橋《こせんきょう》を過《す》ぎてしばらく経《た》った時《とき》、ミキノリがふいにリツキにたずねる。唐突《とうとつ》な質問《しつもん》に、リツキはしばらく「うーん」と言《い》って悩《なや》んでから答《こた》えた。

「海《うみ》かなあ。自分《じぶん》の街《まち》に海《うみ》がないからかもしれないけど、海《うみ》の青《あお》は特《とく》に不思議《ふしぎ》な感《かん》じがするの。水面《すいめん》がいつも波立《なみだ》っていて、晴《は》れた日《ひ》は光《ひかり》がキラキラ瞬《またた》いてキレイだし。それに、あの青《あお》の下《した》には私《わたし》の知《し》らない、大《おお》きな世界《せかい》が広《ひろ》がっているんだって想像《そうぞう》するだけでも、すごくワクワクするんだ」

リツキの話《はなし》を隣《となり》で聞《き》いていた僕《ぼく》は、心《こころ》の中《なか》で勝手《かって》に納得《なっとく》していた。そうか……さっきの課題《かだい》が楽《たの》しかったのも、旅《たび》の最初《さいしょ》に展望《てんぼう》フロアから見《み》た半島《はんとう》の景色《けしき》に感動《かんどう》していたのも、リツキにとっては海《うみ》がすごく特別《とくべつ》なものだったからなんだ。もしかしたらリツキがブルーラリーをやろうと決《き》めたのは、豊原《とよはら》が海《うみ》に近《ちか》い半島《はんとう》の町《まち》だからという理由《りゆう》もあるのかもしれない。

三方丘《みかたがおか》から三十分《ぷん》くらいで、バスは七番目《ばんめ》のポイントがある「竹秦《たけはた》」という国道沿《こくどうぞ》いの停留所《ていりゅうじょ》に到着《とうちゃく》した。

ここはさっきの跨線橋《こせんきょう》と比《くら》べて海《うみ》から遠《とお》ざかった位置《いち》にある。道路沿《どうろぞ》いの田《た》んぼの少《すこ》し先《さき》にはうっそうとした森《もり》が広《ひろ》がり、そのさらに先《さき》は小高《こだか》い山《やま》になっている。周《まわ》りに見《み》える建物《たてもの》の数《かず》も、三方丘《みかたがおか》に比《くら》べたらすごく少《すく》ない。

だけどルールブックの地図《ちず》にしたがって国道《こくどう》をしばらく歩《ある》くと、ビルを小《ちい》さくした感《かん》じの二階建《かいだ》てのグレーの建物《たてもの》が見《み》えてきた。

何《なん》の看板《かんばん》もかかっていなかったけれど、地図《ちず》によると、そこが七番目《ばんめ》のポイントの「とよはら自然《しぜん》のめがね」という場所《ばしょ》らしい。

ドアの横《よこ》のチャイムを押《お》すと、何秒《なんびょう》かして「どちらさん？」と男《おとこ》の人《ひと》の低《ひく》い声《こえ》がした。僕《ぼく》はたちまち緊張《きんちょう》して、うわずった声《こえ》で話《はな》しかける。

「すっ、すいません。『とよはら自然《しぜん》のめがね』の方《かた》ですか？」

「そうですけど……あ、もしかしてブルーラリーの子《こ》かな？」

「そうです！　課題《かだい》を教《おし》えてください！」

「わかった！　ちょっと待《ま》っててね」

「ちょっと」と言《い》ったのに、それから僕《ぼく》たちは五分以上《ふんいじょう》も待《ま》たされることになった。どうしてこんなに時間《じかん》がかかるんだろう……そんなことを思《おも》いながら待《ま》っていると、やっと声《こえ》の主《ぬし》らしいおじさんが階段《かいだん》を下《お》りてきた。

「うひょーっ！」

「うっ……」

その人《ひと》の姿《すがた》を見《み》た瞬間《しゅんかん》、ミキノリとリツキが同時《どうじ》に声《こえ》をあげる。

だけど二人の声《こえ》にこめられた感情《かんじょう》は正反対《せいはんたい》だった。ミキノリが嬉《うれ》しそうだったのに比《くら》べて、リツキは明《あき》らかに困惑《こんわく》している。

その原因《げんいん》はすぐにわかった。現《あらわ》れたおじさんは右手《みぎて》に大《おお》きな虫《むし》とり網《あみ》、左手《ひだりて》には麦《むぎ》わら帽《ぼう》子《し》を持《も》ち、首《くび》には透明《とうめい》なプラスチック製《せい》の虫《むし》カゴを下《さ》げていたからだ。

僕《ぼく》たちが三人組《にんぐみ》だと知《し》ったおじさんがすぐに引《ひ》き返《かえ》し、さらに二つの麦《むぎ》わら帽子《ぼうし》を持《も》って戻《もど》ってきた。装備《そうび》の準備《じゅんび》に時間《じかん》がかかったのが、おじさんがなかなか出《で》てこなかった理由《りゆう》のようだ。

「いやあ、待《ま》たせちゃってごめんね！」

ドアを開《あ》けたおじさんは僕《ぼく》たちに向《む》かって謝《あやま》り、笑顔《えがお》を浮《う》かべた。思《おも》っていたよりもだいぶ気《き》さくそうな人《ひと》だったので、僕《ぼく》は安心《あんしん》した。

「ようこそ『とよはら自然《しぜん》のめがね』へ！　詳《くわ》しい説明《せつめい》は歩《ある》きながらするとして、さっそく行《い》こうか！」

おじさんが爽《さわ》やかな笑顔《えがお》で僕《ぼく》たちに呼《よ》びかける。

ミキノリが「はぁーい！」といつもよりも張《は》り切《き》った声《こえ》で返事《へんじ》をして、まっ先《さき》におじさんから麦《むぎ》わら帽子《ぼうし》を受《う》け取《と》った。

「あのう……行《い》くって、どこへですか？」

リツキは麦《むぎ》わら帽子《ぼうし》を受《う》け取《と》る時《とき》に、おずおずとおじさんに質問《しつもん》した。

リツキも本当《ほんとう》はわかっているにちがいないけれど、きっと認《みと》めたくなかったんだろう。

するとおじさんは虫《むし》とり網《あみ》をリツキに向《む》かってかざし、リツキが認《みと》めたくなかった答《こた》えを元気《げんき》よく叫《さけ》ぶ。

「見《み》ての通《とお》りだよ！　虫《むし》とりさ！」

それを聞《き》いたリツキが小《ちい》さな声《こえ》で「ひっ」と叫《さけ》び、頭《あたま》を抱《かか》えた。

「とよはら自然《しぜん》のめがね」はその名前《なまえ》が表《あらわ》している通《とお》り、豊原半島《とよはらはんとう》を主《おも》なフィールドにしている自然関係《しぜんかんけい》のボランティア団体《だんたい》だった。観察会《かんさつかい》を開《ひら》いたり、半島《はんとう》に生息《せいそく》している生《い》き物《もの》の種類《しゅるい》や数《かず》を調《しら》べたりする活動《かつどう》を行《おこな》っているらしい。

おじさんの話《はなし》を聞《き》きながら僕《ぼく》たちが案内《あんない》されたのは、建物《たてもの》から歩《ある》いて十分《ぷん》くらいの場所《ばしょ》にある田《た》んぼの一部《いちぶ》だった。

「田《た》んぼの一部《いちぶ》」とは言《い》ったものの、その様子《ようす》は周《まわ》りの田《た》んぼとはずいぶんちがっていた。というよりも、そこはもう田《た》んぼではなくなっていた。稲《いね》が耕《たがや》してあるわけではなく、かわりに色々《いろいろ》な種類《しゅるい》の雑草《ざっそう》や野花《のばな》がごちゃごちゃと生《お》い茂《しげ》っている。

「ここは『休耕田《きゅうこうでん》』っていってね、農家《のうか》の人《ひと》が手放《てばな》して何年《なんねん》かが経過《けいか》した田《た》んぼなんだよ。五年前《まえ》までは僕《ぼく》の知《し》り合《あ》いのおじいさんが管理《かんり》していたんだけど、高齢《こうれい》で畑仕事《はたけしごと》がつらくなってきたために手放《てばな》したんだ。この場所《ばしょ》を少《すこ》しでも何《なに》かに生《い》かしたいと思《おも》ってね、許可《きょか》をもらって子《こ》ども向《む》けの昆虫観察《こんちゅうかんさつ》のフィールドに使《つか》わせてもらってるんだ」

確《たし》かにここでは生命力旺盛《せいめいりょくおうせい》な植物《しょくぶつ》たちが地面《じめん》が見《み》えないくらいにひしめき合《あ》っていて、虫《むし》たちにとっては絶好《ぜっこう》の隠《かく》れ家《が》になっていそうだ。そして昆虫《こんちゅう》が大好《だいす》きなミキノリは、おじさんが説明《せつめい》している間《あいだ》もずっと僕《ぼく》たちが並《なら》んでいる砂利道《じゃりみち》から首《くび》を伸《の》ばして、目《め》の前《まえ》の休耕《きゅうこう》田《でん》をしげしげと見《み》つめていた。どんな虫《むし》が隠《かく》れているのかもわからないこの休耕田《きゅうこうでん》は、ミキノリにとっては宝《たから》の山《やま》のようなものなんだろう。

一方《いっぽう》リツキはそんなミキノリの後《うし》ろに立《た》って、えたいの知《し》れない虫《むし》たちの巣窟《そうくつ》になっているであろう休耕田《きゅうこうでん》から少《すこ》しでも離《はな》れていたいと無言《むごん》で主張《しゅちょう》している。女《おんな》の子《こ》だからというのもあるかもしれないけれど、まさかリツキがここまで虫《むし》が嫌《きら》いだとは知《し》らなかった。リツキにとっては、六番《ばん》目《め》のポイントよりもこっちの方《ほう》がずっと難関《なんかん》なのかもしれない。

「七番《ばん》目《め》のスタンプの課題《かだい》は、この休耕田《きゅうこうでん》の中《なか》で十種類《しゅるい》の昆虫《こんちゅう》を捕《つか》まえること。ルールは特《とく》にないけど、絶対《ぜったい》に周《まわ》りの田《た》んぼに入《はい》ったり、近《ちか》くの国道《こくどう》に出《で》たりしないように！　さあ行《い》け！」

「おーっ！」

おじさんの声《こえ》とほとんど同時《どうじ》に、ミキノリが休耕田《きゅうこうでん》の中《なか》に飛《と》びこんでいった。自分《じぶん》の背《せ》よりも高《たか》い雑草《ざっそう》をかき分《わ》けて、ずんずん奥《おく》へと進《すす》んでいく。リツキはその後《うし》ろ姿《すがた》を、信《しん》じられないとでも言《い》いたげな目《め》で見《み》つめていた。

「あの少年《しょうねん》はやる気《き》十分《じゅうぶん》だなあ！　じゃあ、キミたちはこれを使《つか》ってね。僕《ぼく》はあっちの方《ほう》を見《み》てるから、何《なに》かあれば大声《おおごえ》で呼《よ》んでくれ」

おじさんはそう言《い》って僕《ぼく》に虫《むし》カゴ、リツキに虫《むし》とり網《あみ》を渡《わた》すと、砂利道《じゃりみち》を回《まわ》って反対方向《はんたいほうこう》に消《き》えていった。

「十種類《じゅるい》か、多《おお》いなあ」

「しょうがないよ。これだって僕《ぼく》たちの『青《あお》』なんだし」

「うぅ……こういう『青《あお》』はきてほしくなかったかも」

すっかり元気《げんき》をなくしているリツキを励《はげ》ましながら、僕《ぼく》たちも虫《むし》とりを開始《かいし》した。

茂《しげ》みに足《あし》を踏《ふ》み入《い》れる時《とき》は緊張《きんちょう》したけれど、少《すこ》し歩《ある》いているうちに慣《な》れてきて、すぐに虫《むし》とりに夢中《むちゅう》だった小《ちい》さい頃《ころ》の気持《きも》ちを思《おも》い出《だ》すことができた。コガネムシやテントウムシみたいな小《ちい》さな昆虫《こんちゅう》はすぐに見《み》つかったけれど、せっかくだからもっと大《おお》きくてかっこいい虫《むし》を捕《つか》まえたいなんて欲《よく》まで出《で》てきてしまう。リツキには申《もう》しわけないけれど。

そう思《おも》ってリツキを見《み》たら、リツキは何《なん》だかすごいことをやっていた。

どうしても草《くさ》むらの中《なか》に入《はい》るのが嫌《いや》なのか、砂利道《じゃりみち》のはじっこにしゃがみこんでいる。そして棒《ぼう》の長《なが》さを最大《さいだい》まで伸《の》ばした虫《むし》とり網《あみ》のはじっこをにぎり、それを草《くさ》むらに向《む》かってふり下《お》ろして遠《とお》くの虫《むし》をとろうとしていたのだ。その姿《すがた》は何《なん》となく、こたつの中《なか》から棒《ぼう》を伸《の》ばして遠《とお》くのものをとろうとしているおうちゃく者《もの》の姿《すがた》を思《おも》い出《だ》させる。

そうやって狙《ねら》いもつけずにふり下《お》ろしただけでは、網《あみ》に虫《むし》が入《はい》るはずがない。それでも力《ちから》いっぱい網《あみ》をふって地面《じめん》にたたきつけると、近《ちか》くにいた大《おお》きなバッタが驚《おどろ》いてぴょーん！と跳《と》び上《あ》がる。リツキはそのたびに「ぎゃああ！」とか「ひええ！」とか、いつものリツキとはちがう悲鳴《ひめい》をあげていた。

この様子《ようす》じゃあ、今回《こんかい》の課題《かだい》ではリツキをあてにすることはできないだろう。リツキ本人《ほんにん》だって、あてにしてほしくないと思《おも》っているにちがいない。僕《ぼく》はリツキのぶんまで昆虫《こんちゅう》を捕《つか》まえようと自分《じぶん》に言《い》い聞《き》かせ、気合《きあい》を入《い》れて虫《むし》とりにのぞむことにした。

だけど、久《ひさ》しぶりにやってみるとなかなかうまくいかないものだった。

ここで目《め》につく大《おお》きな虫《むし》といえば、バッタの仲間《なかま》が圧倒的《あっとうてき》に多《おお》い。だけどバッタは捕《つか》まえようとして手《て》を近《ちか》づけるとさっとジャンプしてしまうし、体《からだ》の色《いろ》が草《くさ》と同《おな》じだから一度目《いちどめ》を離《はな》すと見《み》つけるのはほとんど不可能《ふかのう》だ。しばらくチャレンジしても一匹《ぴき》も捕《つか》まえることができず、このままだと今日中《きょうじゅう》に十種類《しゅるい》も集《あつ》めるのは不可能《ふかのう》な気《き》さえしてくる。

あせりをつのらせていると、急《きゅう》に後《うし》ろからリッキの叫《さけ》び声《ごえ》が聞《き》こえた。

「ハルトくん！　カゴーッ！」

僕《ぼく》はその声《こえ》に驚《おどろ》いて、あわてて砂利道《じゃりみち》に戻《もど》った。リッキはさっきと同《おな》じ場所《ばしょ》にいたけれど、なぜか地面《じめん》の上《うえ》にうずくまっている。そして同《おな》じ言葉《ことば》を繰《く》り返《かえ》し叫《さけ》んでいた。

「バッタ！　バッタ！　バッタ！」

リッキは自分《じぶん》の両手《りょうて》をおわんのように丸《まる》めて、地面《じめん》におおいかぶせている。どうやらあの中《なか》にバッタが入《はい》っているらしい。でも僕《ぼく》はカゴのふたを開《あ》けないといけないし、リッキの横《よこ》や前《まえ》から手《て》を伸《の》ばしたら今《いま》までのように跳《と》んで逃《に》げられそうだ。だから僕《ぼく》はとっさに叫《さけ》んだ。

「リッキ、自分《じぶん》で捕《つか》まえるんだ！」

「ええーっ！」

顔《かお》を上《あ》げたリッキが、今《いま》にも泣《な》き出《だ》しそうな顔《かお》で叫《さけ》んだ。

「大丈夫《だいじょうぶ》！　ゆっくり手《て》を開《ひら》いて、すぐに背中《せなか》を持《も》てばいいんだよ！」

リツキは何度《なんど》も首《くび》を横《よこ》にふって拒否《きょひ》したけれど、僕《ぼく》がそのたびに「大丈夫《だいじょうぶ》！」と返《かえ》したので、とうとう覚悟《かくご》を決《き》めたようだった。僕《ぼく》が言《い》った通《とお》りゆっくりと手《て》を開《ひら》いて、中《なか》のバッタが油断《ゆだん》している間《あいだ》にさっと背中《せなか》をつかんだ。それは意外《いがい》にも、リツキの手《て》にギリギリおさまるくらいの大《おお》きなサイズだった。

「おおっ！　リツキ上手《じょうず》じゃん！」

「いいから早《はや》くカゴ出《だ》して！　早《はや》くうっ！」

足《あし》をじたばたさせているバッタを持《も》ちながら、リツキがホラー映画《えいが》みたいな表情《ひょうじょう》で叫《さけ》ぶ。

正直《しょうじき》この時《とき》のリツキの顔《かお》が、この旅《たび》の中《なか》で一番怖《いちばんこわ》いと思《おも》った。

そんな顔《かお》で迫《せま》ってこられたので、僕《ぼく》もあわてて虫《むし》カゴのふたを開《ひら》いた。

リツキはすぐにバッタを放《ほう》りこんだけれど、しばらくは「うわあああ！」と絶叫《ぜっきょう》しながら砂利道《じゃりみち》の上《うえ》を駆《か》け回《まわ》り、指《ゆび》に残《のこ》った感触《かんしょく》に苦《くる》しんでいた。

少《すこ》しして、リツキの声《こえ》を聞《き》きつけたおじさんが戻《もど》ってきた。

「おおっ、ショウリョウバッタじゃないか。この時期《じき》にぴったりな昆虫《こんちゅう》だね」

「この時期《じき》にぴったり？　どういう意味《いみ》ですか？」

おじさんが気《き》になることを言《い》ったので、興味《きょうみ》を持《も》った僕《ぼく》はたずねた。だいぶ落《お》ち着《つ》きを取《と》り戻《もど》したリツキも、僕《ぼく》と一緒《いっしょ》におじさんの目《め》を見《み》ている。

「このバッタの『ショウリョウ』っていう名前《なまえ》はね、『精霊《しょうりょう》』という漢字《かんじ》からきているんだよ。理由《りゆう》は体《からだ》の形《かたち》がお盆《ぼん》の時《とき》に使《つか》う『精霊船《しょうりょうぶね》』によく似《に》ているって言《い》われていたからなんだ。ほら、ちょうど今《いま》はお盆《ぼん》だろう？」

僕《ぼく》はその「精霊船《しょうりょうぶね》」っていうのを見《み》たことはないけれど、細長《ほそなが》くて頭《あたま》とお尻《しり》の先《さき》がとんがっているこのバッタの形《かたち》は確《たし》かに船《ふね》に似《に》ている。僕《ぼく》たちはすぐに納得《なっとく》することができた。

大《おお》きなショウリョウバッタ一匹《ぴき》だけで虫《むし》カゴはいっぱいだし、せまいケースに入《い》れておくと体《からだ》を傷《きず》つけてしまうかもしれないとおじさんが言《い》ったので、僕《ぼく》たちはこのショウリョウバッタをすぐに逃《に》がすことにした。

それから僕《ぼく》は、リツキからどうしてショウリョウバッタを捕《つか》まえることができたのかを詳《くわ》しく聞《き》いた。

相変《あいか》わらず虫《むし》とり網《あみ》を遠《とお》くに向《む》かってふり続《つづ》けていたらさっきのバッタが跳《と》び上《あ》がってきて、リツキのすぐ横《よこ》に着地《ちゃくち》したという。リツキはびっくりしながらも虫《むし》とり網《あみ》では長《なが》すぎて捕《つか》まえられないことに気《き》がついて、とっさに手《て》でバッタをおおったそうだ。手《て》が届《とど》く前《まえ》に跳《と》んで逃《に》げるかと思《おも》っていたら相手《あいて》が意外《いがい》に鈍《にぶ》くて、捕《つか》まえられた時《とき》はリツキ本人《ほんにん》もびっくりしたらしい。

それを聞《き》いた僕《ぼく》は、いい考《かんが》えを思《おも》いついた。今《いま》まで草《くさ》むらでバッタをとろうとしたから難《むずか》しかったのであって、バッタを砂利道《じゃりみち》の上《うえ》に追《お》いこんでしまえば一気《いっき》に簡単《かんたん》になるはずだ。

僕《ぼく》はこの名案《めいあん》をさっそくリツキに打《う》ち明《あ》けて、僕《ぼく》が虫《むし》とり網《あみ》を使《つか》って草《くさ》むらから追《お》いこんだ虫《むし》を捕《つか》まえてほしいと伝《つた》えた。もちろんリツキは「絶対《ぜったい》に嫌《いや》！」と即答《そくとう》したけれど、僕《ぼく》が「それじゃあ、リツキがこの休耕田《きゅうこうでん》に入《はい》って虫《むし》を追《お》い出《だ》してくれる？」と聞《き》いたらものすごく暗《くら》い表情《ひょうじょう》で黙《だま》りこんだ。かわいそうな気《き》がするけれど、この計画《けいかく》は二人じゃないとできないから仕方《しかた》がない。

この作戦《さくせん》はすごくうまくいった。休耕田《きゅうこうでん》に入《はい》った僕《ぼく》が道《みち》に向《む》かって虫《むし》とり網《あみ》を一《ひと》ふりしただけでたくさんの虫《むし》が飛《と》び出《だ》して、少《すく》なくとも三《さん》、四匹《よんひき》のバッタやイナゴが思《おも》っていた方向《ほうこう》に飛《と》んでいってくれる。そうして網《あみ》をぶんぶんふりながら道《みち》に追《お》いこんでいくと、虫《むし》たちはぼとぼとと砂利道《じゃりみち》の上《うえ》に着地《ちゃくち》する。それをリツキが「ぎゃあぁ！」とか「ひぇえ！」とか悲《ひ》鳴《めい》を上《あ》げながら捕《つか》まえていくのだ。

この方法《ほうほう》で僕《ぼく》たちは、すぐにオンブバッタやイナゴ、クルマバッタを捕《つか》まえることができた。ミキノリもがんばっていて、オオカマキリやゴマダラカミキリなんかを手《て》で持《も》ったままおじさんに見《み》せに行《い》っていた。こうしてすっかり夢中《むちゅう》になっているうちに、夏《なつ》の太陽《たいよう》はどんどん西《にし》にかたむいていった。

途中《とちゅう》まではそんな感《かん》じですごく順調《じゅんちょう》だったけれど、八種類《しゅるい》を過《す》ぎてから急《きゅう》に進《すす》まなくなってしまった。さっきの追《お》いこみ作戦《さくせん》で出《で》てくる虫《むし》も同《おな》じ種類《しゅるい》ばかりになってきたし、ミキノリもあまり成果《せいか》をあげられなくなったらしく、僕《ぼく》たちの所《ところ》に合流《ごうりゅう》してきた。

リツキが近《ちか》くにとまったシジミチョウを捕《つか》まえて九種類《しゅるい》。虫《むし》が大嫌《だいきら》いなはずのリツキだけれど、なぜかチョウだけは平気《へいき》らしい。

これで残《のこ》りはあと一つ。だけど、ここからが本当《ほんとう》に大変《たいへん》だった。新《あたら》しい種類《しゅるい》の虫《むし》はなかなか出《で》てきてはくれないし、たまに見《み》つかってもあせってしまうせいかすぐに逃《に》げられてしまう。そうしているうちに空《そら》がどんどん暗《くら》くなってきて、虫《むし》を探《さが》すのがますます難《むずか》しい状況《じょうきょう》になっていく。

もしも今日《きょう》七番目《ばんめ》のスタンプがもらえなかったら、明日《あした》もここからスタートしないといけない。だけど明日《あした》はリツキが帰《かえ》る日《ひ》で、旅《たび》を続《つづ》けられるのは午前中《ごぜんちゅう》までだ。それを考《かんが》えたら、今日中《きょうじゅう》にここのスタンプがもらえなければ、旅《たび》を完結《かんけつ》させることは不可能《ふかのう》だと思《おも》った方《ほう》がいいだろう。

僕《ぼく》とミキノリは必死《ひっし》になって休耕田《きゅうこうでん》の中《なか》を歩《ある》き回《まわ》り、だんだんこの環境《かんきょう》に慣《な》れてきたリツキも砂利道《じゃりみち》から近《ちか》い草《くさ》むらに入《はい》って虫《むし》を探《さが》すようになった。

そうしてしばらく探《さが》し続《つづ》けていると、ミキノリが待《ま》ちわびていた言葉《ことば》を叫《さけ》んだ。

「へんな虫《むし》とった！　兄《にい》ちゃんカゴ！」

「変《へん》な虫《むし》」という言葉《ことば》が引《ひ》っかかったけれど、僕《ぼく》はカゴを持《も》ってミキノリの所《ところ》へ急《いそ》いだ。ミキノリはその「変《へん》な虫《むし》」を両手《りょうて》で包《つつ》みこんで持《も》ちながら、僕《ぼく》を待《ま》っていた。

「変《へん》な虫《むし》ってなんだよ？　気持《きも》ち悪《わる》いやつじゃないよな？」

ミキノリはこくんとうなずいた。

「見《み》たことはあるっぽいけど、なんていう虫《むし》かはわからない」

僕《ぼく》も全然意味《ぜんぜんいみ》がわからない。とにかくケースのふたを開《あ》けて、ミキノリの前《まえ》に出《だ》した。ミキノリがふたの上《うえ》で包《つつ》んでいた手《て》をぱっと開《ひら》く。ケースの中《なか》に落《お》ちたのは、確《たし》かに何《なん》となく見《み》たことがありそうだけれど、「これは何《なに》？」と聞《き》かれたら悩《なや》んでしまう虫《むし》だった。体《からだ》の大《おお》きさは三センチくらい。バッタよりも鮮《あざ》やかな緑色《みどりいろ》で、細《ほそ》い葉《は》っぱのような形《かたち》をしている。頭《あたま》の先《さき》には長《なが》い触角《しょっかく》が後《うし》ろに向《む》かって伸《の》びていて、高《たか》くジャンプできそうな太《ふと》い後《うし》ろ脚《あし》がある。

この虫《むし》の正体《しょうたい》が気《き》になった僕《ぼく》たちは、すぐに虫《むし》カゴをおじさんの所《ところ》に持《も》っていった。

おじさんはカゴの中《なか》を見《み》ると「おおーっ！」と、今《いま》までで一番大《いちばんおお》きなリアクションをした。

「そんなに珍《めずら》しい虫《むし》なんですか？」

「うーん……珍《めずら》しいと言《い》えば珍《めずら》しいかな」

おじさんはますます謎《なぞ》を深《ふか》めるようなことを言《い》ってから、僕《ぼく》たちにその正体《しょうたい》を教《おし》えてくれた。

確《たし》かに、それは意外《いがい》なものだった。

「これはね、キリギリスの子《こ》どもだよ」

「ええっ、キリギリス？」

出《で》てきた名前《なまえ》があまりにも有名《ゆうめい》なものだったので、僕《ぼく》たちはあっけにとられてしまった。

「八月はだいたいのキリギリスは成虫《せいちゅう》になってるんだけど、コイツはちょっと成長《せいちょう》が遅《おそ》いみたいだね。今《いま》はまだ丸《まる》っこい形《かたち》だけど、大《おお》きくなるともう少《すこ》し細長《ほそなが》くなって、色《いろ》も茶色《ちゃいろ》っぽく変《か》わっていくんだ」

それから僕《ぼく》たちはしばらく、無言《むごん》でそのキリギリスの子《こ》どもをのぞきこんでいた。キリギリスは不安《ふあん》を感《かん》じたのか、長《なが》い触角《しょっかく》をしきりに動《うご》かしている。

「そういえば私《わたし》、本物《ほんもの》のキリギリス見《み》たのって初《はじ》めてかもしれない」

「うそ、マジで？」

リツキの言葉《ことば》に僕《ぼく》は驚《おどろ》いたけれど、よく考《かんが》えてみたら僕《ぼく》も本物《ほんもの》のキリギリスを見《み》たことがなかったと気《き》がついて、ますます驚《おどろ》いてしまった。童話《どうわ》や秋《あき》の虫《むし》の代表《だいひょう》として何度《なんど》も名前《なまえ》を聞《き》いていたせいで、よく知《し》っているような気分《きぶん》になっていたのかもしれない。

僕《ぼく》たちの話《はなし》を聞《き》いていたおじさんは、それから意外《いがい》な話《はなし》をしてくれた。

「確《たし》かにキリギリスは有名《ゆうめい》な虫《むし》だけど、実《じつ》はその数《かず》はどんどん減《へ》っているんだ。この辺《へん》でも何年《なんねん》か前《まえ》までは普通《ふつう》に見《み》つけられたんだけど、最近《さいきん》は秋《あき》に少《すこ》し鳴《な》き声《ごえ》が聞《き》こえるだけになっていてね。捕《つか》まえたのを見《み》るのはすごく久《ひさ》しぶりだったんだよ」

さっきおじさんが「珍《めずら》しいと言《い》えば珍《めずら》しい」と言《い》ったのはそういう理由《りゆう》だったのか。

僕《ぼく》たちはこのキリギリスがものすごく大切《たいせつ》な存在《そんざい》のように思《おも》えてきて、すぐに逃《に》がしてあげることにした。

上《うわ》ぶたを外《はず》したケースを休耕田《きゅうこうでん》の地面《じめん》に寝《ね》かせて置《お》くと、キリギリスはしばらく様子《ようす》をうかがってから、元気《げんき》よく草《くさ》むらの中《なか》に飛《と》び出《だ》していった。その小《ちい》さな体《からだ》はすぐに草《くさ》に隠《かく》れて見《み》えなくなってしまう。

「これで十種類達成《じゅるいたっせい》だね。七番目《ばんめ》の課題《かだい》は見事《みごと》にクリアだ。お疲《つか》れさま！」

おじさんの言葉《ことば》を聞《き》いて、僕《ぼく》たちはほっと胸《むね》をなで下《お》ろした。だいぶ時間《じかん》を使《つか》ってしまったけれど、早《はや》くもタイムオーバーなんてことにならなかっただけでも良《よ》かったと思《おも》う。

それから僕《ぼく》たちは順番《じゅんばん》に「7」のスタンプを押《お》してもらう。

その後《あと》のことだ。スタンプを押《お》してもらった僕《ぼく》がふとふり返《かえ》ると、先《さき》にスタンプをもらっていたリツキがじっと休耕田《きゅうこうでん》を見《み》つめていた。なぜか遠《とお》い眼差《まなざ》しで。

「どうしたの？」

「今《いま》ね、アキアカネが飛《と》んでいたの。すぐに見《み》えなくなっちゃったけど」

リツキはそう言《い》って、休耕田《きゅうこうでん》の上《うえ》の空《そら》を指《ゆび》さした。そこにはもう何《なに》も飛《と》んでいないけれど、アキアカネが現《あらわ》れるのは毎年今《まいとしいま》くらいの時期《じき》だから、珍《めずら》しいことでもないだろう。なのにリツキは今《いま》でも、アキアカネを見《み》た方向《ほうこう》を名残惜《なごりお》しそうにながめている。

「実《じつ》はね、豊原《とよはら》に来《き》てからずっと気《き》になってたんだ。まだアキアカネが飛《と》んでいないんだなって。北海道《ほっかいどう》は秋《あき》がくるのが早《はや》いから、ここに来《く》る前《まえ》からアキアカネがたくさん飛《と》んでいたのに」

「ああ、そういうことだったんだ」

「うん。だけどさっきアキアカネを見《み》て『ああ、豊原《とよはら》にも秋《あき》が近《ちか》づいてきたんだなあ』って感《かん》じたの。それに、昔《むかし》はお盆《ぼん》が過《す》ぎてからが秋《あき》だったって聞《き》いたこともあるし」

それを聞《き》いた僕《ぼく》はふと、ここで最初《さいしょ》に捕《つか》まえたショウリョウバッタの姿《すがた》を思《おも》い出《だ》す。お盆《ぼん》の「精霊船《しょうりょうぶね》」に似《に》ているというあのバッタが、僕《ぼく》たちの周《まわ》りにだけ秋《あき》をつれてきたような気《き》がした。

そう思《おも》ったとたん、僕《ぼく》は何《なん》だか不思議《ふしぎ》な感覚《かんかく》にとらわれた。休耕田《きゅうこうでん》に立《た》つ僕《ぼく》たちの間《あいだ》にだけ、ちがう時間《じかん》が流《なが》れているような気《き》がしたのだ。ほんの一〇メートルくらいしか離《はな》れていない国道《こくどう》を通《とお》る車《くるま》の音《おと》が、やけに遠《とお》くに聞《き》こえる。ヒグラシの鳴《な》き声《ごえ》に、かすかに秋《あき》の虫《むし》の音《おと》がまざっている。吹《ふ》いてくる風《かぜ》の音《おと》も、心《こころ》なしか冷《つめ》たくなったような気《き》がした。

8　お別《わか》れ会《かい》

僕《ぼく》たちはさっきの建物《たてもの》の前《まえ》で虫《むし》とりの道具《どうぐ》と麦《むぎ》わら帽子《ぼうし》を返《かえ》して、おじさんと別《わか》れた。

本当《ほんとう》は次《つぎ》のポイントまで行《い》きたかったけれど、こんな時間《じかん》ではよっぽど簡単《かんたん》な課題《かだい》じゃないとクリアすることはできないだろう。ちょうど豊原駅《とよはらえき》行《ゆ》きのバスもきてしまったし、僕《ぼく》たちはこれで今日《きょう》の旅《たび》を終《お》わらせることにした。一日すべて使《つか》って集《あつ》まったスタンプはたった二つ。ブルーラリーはやっぱり一週間《しゅうかん》かけてやるものなんだと実感《じっかん》させられてしまう。

果《は》たして明日《あした》の午前《ごぜん》の何時間《なんじかん》かで、僕《ぼく》たちは残《のこ》り二つの課題《かだい》をクリアすることができるのだろうか？　今《いま》となってはもう、残《のこ》っているのが簡単《かんたん》な課題《かだい》であることを祈《いの》るしかない。

豊原駅《とよはらえき》行《ゆ》きのバスは途中《とちゅう》で乗《の》る人《ひと》も降《お》りる人《ひと》もなく、あんなに長《なが》く感《かん》じた今日《きょう》の旅《たび》のルートをあっという間《ま》に駆《か》け抜《ぬ》けていく。

あの跨線橋《こせんきょう》にさしかかり、僕《ぼく》は再《ふたた》び豊原港《とよはらこう》を見《み》た。

昼間《ひるま》は青《あお》い海《うみ》と空《そら》が広《ひろ》がり、いかにも夏《なつ》らしかった景色《けしき》も様子《ようす》を変《か》えていた。今《いま》では空《そら》はルビーのように真《ま》っ赤《か》に燃《も》え、海《うみ》は暗《くら》い色《いろ》に沈《しず》み、何《なん》だか寂《さび》しい気配《けはい》を漂《ただよ》わせている。あの風車《ふうしゃ》を回《まわ》している風《かぜ》はもう、秋《あき》の冷《つめ》たさを含《ふく》んでいるのだろう。

そんなことをぼんやり考《かんが》えながら外《そと》を見《み》ていると、バスの横《よこ》をふいに雄真《ゆうま》が通《とお》り過《す》ぎていった。

雄真《ゆうま》はいつもの青《あお》いマウンテンバイクに乗《の》り、カゴにいつもの水泳《すいえい》バッグを入《い》れている。今日《きょう》もスイミングクラブに練習《れんしゅう》に行《い》くようだ。

それを見《み》た僕《ぼく》は、急《きゅう》に不安《ふあん》になってきた。

ほとんど一瞬《いっしゅん》だったけれど、力強《ちからづよ》い立《た》ちこぎで僕《ぼく》の前《まえ》を通《とお》り過《す》ぎていった雄真《ゆうま》の姿《すがた》は不思《ふし》議《ぎ》なほど強《つよ》く目《め》にやきついた。自転車《じてんしゃ》の速度《そくど》さえもどかしいような前傾姿勢《ぜんけいしせい》で、まっすぐに前《まえ》を見《み》つめていた雄真《ゆうま》の様子《ようす》は、とにかく練習《れんしゅう》を重《かさ》ねて僕《ぼく》を追《お》い越《こ》し、まだまだ速《はや》くなろうと努力《どりょく》を続《つづ》けている今《いま》のあいつそのもののように見《み》えたのだ。

そんな雄真《ゆうま》は僕《ぼく》が練習《れんしゅう》を二日も休《やす》むと知《し》った時《とき》、一体《いったい》どんなふうに思《おも》ったのだろう。きっと僕《ぼく》が本当《ほんとう》に勝負《しょうぶ》から逃《に》げたんだと確信《かくしん》し、今《いま》まで以上《いじょう》に失望《しつぼう》したにちがいない。

無事《ぶじ》にゴールするにしても、失敗《しっぱい》するにしても、明日《あした》で僕《ぼく》たちの旅《たび》はすべて終《お》わる……つまり僕《ぼく》たちは、青《あお》を集《あつ》め終《お》えることになるのだ。北海道《ほっかいどう》へ帰《かえ》ったリツキはその「青《あお》」を使《つか》って芸術祭《げいじゅつさい》で発表《はっぴょう》する曲《きょく》を作《つく》り、そして僕《ぼく》には水泳《すいえい》の記録会《きろくかい》が待《ま》っている。

もちろん僕《ぼく》は、スランプという現実《げんじつ》から目《め》をそらすためにブルーラリーを続《つづ》けることを選《えら》んだつもりはない。いくら練習《れんしゅう》をしても以前《いぜん》の泳《およ》ぎ方《かた》を取《と》り戻《もど》せなかった僕《ぼく》は昨日《きのう》のリツキの話《はなし》を聞《き》いて、別《べつ》の可能性《かのうせい》にかけてみようと決《き》めたのだ。リツキたちと一緒《いっしょ》に「青《あお》」を集《あつ》めることで、自分《じぶん》の中《なか》の何《なに》かが変《か》わるかもしれない。もしかしたら、それが今《いま》の状況《じょうきょう》を突破《とっぱ》する大《おお》きな力《ちから》になってくれるのかもしれない……そんな期待《きたい》があった。

だけど今《いま》のところ、僕《ぼく》の中《なか》にそんな変化《へんか》があるようには全《まった》く思《おも》えない。集《あつ》めたスタンプは九個中《こちゅう》の七個《こ》、全部《ぜんぶ》で四日《かか》の旅《たび》も、これで三日目《かめ》が終《お》わろうとしているのに……。

何《なん》だか落《お》ち着《つ》かなくなってきて、僕《ぼく》は窓《まど》とは反対方向《はんたいほうこう》に向《む》き直《なお》った。

隣《となり》のミキノリは今日《きょう》の旅《たび》の疲《つか》れが出《で》たらしく、気持《きも》ちよさそうな寝息《ねいき》をたてて熟睡《じゅくすい》している。

だけどその向《む》こうに座《すわ》っているリツキはなぜか、僕《ぼく》と同《おな》じように不安《ふあん》を含《ふく》んだ目《め》で前方《ぜんぽう》の景色《けしき》を見《み》つめていた。やがてバスは国道《こくどう》を離《はな》れ、三方丘駅《みかたがおかえき》のロータリーに到着《とうちゃく》する。

三日目《めめ》の旅《たび》が終《お》わった。

家《いえ》に帰《かえ》った僕《ぼく》たちを待《ま》っていたのは、リツキのお別《わか》れ会《かい》だった。明日《あした》はリツキを空港《くうこう》まで送《おく》るため、お母《かあ》さんは仕事《しごと》を休《やす》むという。空港《くうこう》には僕《ぼく》とミキノリも付《つ》いていくつもりだ。だけどお父《とう》さんとおじいちゃんまで仕事《しごと》を休《やす》むわけにはいかないので、みんなでリツキと話《はな》せるのは今夜《こんや》が最後《さいご》になる。明日《あした》の夜《よる》にはもう、リツキは豊原《とよはら》にはいないのだ。

お別《わか》れ会《かい》は歓迎会《かんげいかい》と似《に》たような感《かん》じで進《すす》んだ。おじいちゃんたちの家《いえ》にみんな集《あつ》まって、わいわい言《い》いながら時間《じかん》が過《す》ぎていく。だけどこの時《とき》はリツキのピアノ演奏《えんそう》がなかったこと、それにおじいちゃんが優《やさ》しく「また来年《らいねん》もおいで」と言《い》った時《とき》に、リツキがちょっと涙《なみだ》ぐんだことが大《おお》きくちがっていた。

夜《よる》の九時《じ》くらいにこの集《あつ》まりはお開《ひら》きになって、僕《ぼく》たち家族《かぞく》はおじいちゃんとお酒《さけ》を飲《の》んでいるお父《とう》さんを残《のこ》して家《いえ》に帰《かえ》った。

だけど、それから一時間《じかん》くらい経《た》った頃《ころ》だった。お風呂《ふろ》に入《はい》ろうと思《おも》って家《いえ》の中《なか》を歩《ある》いていると、急《きゅう》にお母《かあ》さんに呼《よ》び止《と》められた。

「ねえ、これリツキちゃんに届《とど》けてきてちょうだい」

お母《かあ》さんはそう言《い》い、お土産《みやげ》や伯母《おば》さんにあてた手紙《てがみ》が入《はい》っている紙袋《かみぶくろ》を渡《わた》してきた。

僕《ぼく》はそれを持《も》っておじいちゃんたちの家《いえ》に戻《もど》り、リツキが使《つか》っている元伯母《もとおば》さんの部屋《へや》に向《む》かう。

廊下《ろうか》を歩《ある》いていると、ピアノの音《おと》が聞《き》こえてきた。それは階段《かいだん》を上《のぼ》り伯母《おば》さんの部屋《へや》に近《ちか》づくにつれて、大《おお》きくなってくる。

初《はじ》めのうちは、リツキがピアノの練習《れんしゅう》をしているんだと思《おも》って感心《かんしん》しただけだった。だけど演奏《えんそう》を聞《き》いているうちに、だんだん違和感《いわかん》が大《おお》きくなってくる。

歓迎会《かんげいかい》で聞《き》いた「トロイメライ」に比《くら》べて、その演奏《えんそう》があまりにもひどかったからだ。

途中《とちゅう》で音《おと》の調子《ちょうし》が思《おも》いきり外《はず》れて、聞《き》いてて力《ちから》が抜《ぬ》けてしまうほどだ。あげくの果《は》てには途中《とちゅう》で演奏《えんそう》がつまるようになり、やがて止《と》まってしまった。前《まえ》はピアノ素人《しろうと》の僕《ぼく》にもわかるくらい、いい演奏《えんそう》だったのに、今《いま》のはその時《とき》とは正反対《せいはんたい》だった。その様子《ようす》は、まるで……最《さい》近《きん》の僕《ぼく》の水泳《すいえい》と似《に》ているような気《き》がした。

聞《き》いてはいけないものを聞《き》いてしまったような気《き》がして、僕《ぼく》は部屋《へや》に入《はい》るのをためらってしまう。だけどしばらくそうしていると部屋《へや》のドアが開《あ》いて、リツキがそっと顔《かお》を出《だ》した。

どうやら僕《ぼく》がいたことにとっくに気《き》がついていたらしい。

「今《いま》の演奏《えんそう》、聞《き》こえちゃったよね」

恥《は》ずかしそうにたずねるリツキに、僕《ぼく》は戸惑《とまど》いつつもうなずいた。

「今《いま》のは何《なん》て曲《きょく》だったの？」

紙袋《かみぶくろ》を渡《わた》した後《あと》、僕《ぼく》はリツキにたずねた。

するとリツキは顔《かお》を赤《あか》くさせてうつむいた。そして消《き》え入《い》りそうな小《ちい》さな声《こえ》で、

「……私《わたし》の、青《あお》」

とつぶやいた。

「つまりね、芸術祭《げいじゅつさい》で発表《はっぴょう》する曲《きょく》を作《つく》ろうとしていたの。旅《たび》は明日《あした》も残《のこ》っているし、試《ため》しにちょっとやってみようと思《おも》って弾《ひ》いてみただけなんだけど。でも思《おも》ってた以上《いじょう》にひどい演《えん》奏《そう》になっちゃって、自分《じぶん》でもびっくりしちゃった」

自分《じぶん》の気持《きも》ちを打《う》ち明《あ》けてくれたリツキの顔《かお》には、はっきりと不安《ふあん》が表《あらわ》れている。

今《いま》まで見《み》たことがないほど沈《しず》んだ表情《ひょうじょう》のリツキを前《まえ》にして、僕《ぼく》は改《あらた》めて思《おも》い知《し》らされた。

リツキがこの旅《たび》の間《あいだ》ずっと抱《かか》え続《つづ》けていた、「作曲《さっきょく》」という課題《かだい》の大《おお》きさを。

「今《いま》のは即興《そっきょう》で……つまり思《おも》いつくままに演奏《えんそう》してみたんだけど、まだイメージが固《かた》まって

なかったみたい」

リツキはそう言《い》うと、がっくりと肩《かた》を落《お》とした。

ここまで落《お》ちこむリツキを見《み》るのも初《はじ》めてだ。僕《ぼく》はそんなリツキを前《まえ》にして、なんとかしてあげたいと強《つよ》く思《おも》った。

「それじゃあさ、もっと『青《あお》』を集《あつ》めたらうまくいくんじゃないかな？」

「そうかな？　だったらいいんだけど……」

「絶対《ぜったい》うまくいくよ。だってさ、昨日《きのう》描《か》いた絵《え》もよかったじゃん。それを見《み》て、リツキの『青《あお》』はすごいんだって本気《ほんき》で思《おも》ったし」

少《すこ》しでもリツキを励《はげ》ましたくて、昨日《きのう》から言《い》っておきたかった本音《ほんね》を打《う》ち明《あ》けた。

それを聞《き》いたリツキは「ありがとう」と言《い》い、僕《ぼく》に明《あか》るく笑《わら》いかけてくれた。その笑顔《えがお》に僕《ぼく》はほっとしたけれど、まだ少《すこ》し自信《じしん》がない。

リツキが笑《わら》ったのは本当《ほんとう》に僕《ぼく》の言葉《ことば》で元気《げんき》が出《で》たからなのか、それとも僕《ぼく》に気《き》をつかって、そんなフリをしてくれただけなのかはわからない。リツキは優《やさ》しくて、よく僕《ぼく》たちに気《き》をつかってくれている。でも……だからこそ、本当《ほんとう》の気持《きも》ちが隠《かく》れてしまうことがあるのだ。

情《なさ》けないけれど、僕《ぼく》はまだまだリツキの心《こころ》を理解《りかい》できてはいないようだ。

「明日《あした》もがんばろうね」

「うん。絶対《ぜったい》に全部《ぜんぶ》の『青《あお》』を集《あつ》めようぜ」

そんな言葉《ことば》をかけ合《あ》って、僕《ぼく》は部屋《へや》を出《で》た。

9 四日目《め》

次《つぎ》の日《ひ》、僕《ぼく》たちは朝早《あさはや》くに起《お》きた。朝食《ちょうしょく》を食《た》べ、リツキがおじいちゃんとお父《とう》さんにお別《わか》れを言《い》った後《あと》、すぐに準備《じゅんび》をして家《いえ》を出《で》る。

玄関《げんかん》のドアを開《あ》けた時《とき》、外《そと》の空気《くうき》が昨日《きのう》よりも涼《すず》しいような気《き》がした。それが単《たん》に早《はや》い時《じ》間《かん》だったからなのか、それとも秋《あき》が近《ちか》づいているからなのかはわからない。

三方丘駅《みかたがおかえき》の駅舎《えきしゃ》についた僕《ぼく》たちは、まっさきに支所《ししょ》の窓口《まどぐち》を見《み》た。だけどそこに座《すわ》っていたのは、昨日《きのう》のお姉《ねえ》さんとはちがう人《ひと》だった。最後《さいご》に出発《しゅっぱつ》を見送《みおく》ってほしかった僕《ぼく》たちはがっかりした。けれどスタンプカードにお姉《ねえ》さんが描《か》いてくれたスペシャルバージョンの「6」の絵《え》を見《み》ていると、今《いま》でも見守《みまも》ってくれているような気《き》がする。「グッジョブ!」そして「グッドラック!」……昨日《きのう》のお姉《ねえ》さんの言葉《ことば》が、記憶《きおく》の中《なか》に鮮明《せんめい》によみがえってくる。

そうしているうちに海水浴場《かいすいよくじょう》方面《ほうめん》のバスが到着《とうちゃく》する。最後《さいご》の出発《しゅっぱつ》の時《とき》がきた。

バスの走《はし》る国道《こくどう》は昨日《きのう》の最後《さいご》のポイントだった竹秦《たけはた》を過《す》ぎると再《ふたた》び海《うみ》に近《ちか》づき、同時《どうじ》にしばらく遠《とお》ざかっていた半島鉄道《はんとうてつどう》の線路跡《せんろあと》にも近《ちか》づいていく。半島鉄道《はんとうてつどう》の沿線《えんせん》には住宅地《じゅうたくち》が多《おお》いから、道路沿《どうろぞ》いの様子《ようす》もそれにともなって変化《へんか》していった。

僕《ぼく》たちがバスを降《お》りたのは、そんな住宅地《じゅうたくち》の中《なか》の「つつじ台《だい》」という停留所《ていりゅうじょ》だった。この地区《ちく》にある郷土資料館《きょうどしりょうかん》が八番目《はちばんめ》のポイントになっている。

受付《うけつけ》の人《ひと》にブルーラリーをやっていることを伝《つた》えると、奥《おく》から「学芸員《がくげいいん》」と書《か》かれた小《ちい》さな名札《なふだ》をつけたスーツ姿《すがた》のおじいさんが出《で》てきて、僕《ぼく》たちに話《はな》しかけてきた。

「こんなに早《はや》くからありがとうございます。ようこそ豊原郷土資料館《とよはらきょうどしりょうかん》へ。ここの課題《かだい》はですね、この資料館《しりょうかん》を一通《ひととお》り見《み》て回《まわ》ることです。そして展示《てんじ》されている資料《しりょう》の中《なか》で気《き》になるもの一つを選《えら》んで、その内容《ないよう》を私《わたし》に話《はな》してください。この町《まち》について何《なに》か一つでも理解《りかい》してもらうことが私《わたし》たちの願《ねが》いですから」

おじいさんはすごくていねいなしゃべり方《かた》で、僕《ぼく》たちに課題《かだい》の内容《ないよう》を教《おし》えてくれた。

ブルーラリーの場合《ばあい》は常設展《じょうせつてん》の入場料《にゅうじょうりょう》がタダということで、僕《ぼく》たちはそのまま展示室《てんじしつ》に入《はい》ることができた。やることがないのか、なぜか学芸員《がくげいいん》のおじいさんもついてくる。

照明《しょうめい》がひかえられている展示室《てんじしつ》の中《なか》は暗《くら》くて何《なん》だかドキドキした。

外《そと》から見《み》たよりも広《ひろ》い感《かん》じがする展示室《てんじしつ》は大《おお》まかに「豊原半島《とよはらはんとう》のなりたち」「豊原《とよはら》の自《し》然《ぜん》」「豊原《とよはら》の歴史《れきし》」「街《まち》の発展《はってん》」という四つの部屋《へや》に分《わ》けられている。マンモスの化石《かせき》の一部《いちぶ》や弥生式土器《やよいしきどき》、タヌキやノウサギなどの標本《ひょうほん》、五十年以上前《いじょうまえ》の豊原駅前《とよはらえきまえ》のジオラマとかがあって、どれも目《め》をひく。

だけどリツキは「豊原《とよはら》の歴史《れきし》」コーナーの一部《いちぶ》の展示《てんじ》の前《まえ》でふと立《た》ち止《ど》まり、説明《せつめい》をじっくりとながめていた。その真剣《しんけん》な眼差《まなざ》しは、どうやら早《はや》くも一番気《いちばんき》になった展示《てんじ》を決《き》めたようだ。でもそこに展示《てんじ》されているのは渋《しぶ》い色《いろ》をした大《おお》きな壺《つぼ》や社会科《しゃかいか》の歴史《れきし》のページで見《み》たことがあったような色《いろ》つきの版画《はんが》だったりして、特《とく》に珍《めずら》しそうなものは見当《みあ》たらない。

「その展示《てんじ》、そんなにすごいの？」

リツキがあまりにも注目《ちゅうもく》するのが気《き》になった僕《ぼく》たちは、隣《となり》に立《た》って一緒《いっしょ》に展示《てんじ》をながめた。

リツキは「これ見《み》て」と言《い》って、このコーナーの展示《てんじ》の説明《せつめい》が書《か》かれた大《おお》きなプレートを指《ゆび》さした。

プレートの一番上《いちばんうえ》には、太《ふと》い文字《もじ》で「豊原《とよはら》から伊勢《いせ》へ～海《うみ》をわたる道《みち》～」と書《か》かれている。

「海《うみ》をわたる道《みち》？」

「なんだそれ。海《うみ》の上《うえ》にはどうろなんてないじゃん！」

「ふふ……道《みち》っていうのはね、陸《りく》の上《うえ》を走《はし》っているものばかりじゃないんですよ。説明《せつめい》を読《よ》んでみてください」

おじいさんにうながされて説明文《せつめいぶん》を読《よ》んだ僕《ぼく》たちは、その「海《うみ》をわたる道《みち》」の意味《いみ》を理解《りかい》することができた。

それによると、豊原半島《とよはらはんとう》には昔《むかし》「伊勢街道《いせかいどう》」という名前《なまえ》の、半島《はんとう》の先端《せんたん》に近《ちか》い福枝港《ふくえこう》に向《む》かって続《つづ》く道《みち》があったそうだ。そこからは伊勢神宮《いせじんぐう》に近《ちか》い鳥羽《とば》へ向《む》かう、今《いま》でいう定期便《ていきびん》のような船《ふね》が出《で》ていて、多《おお》くの人《ひと》がこのルートを使《つか》って伊勢神宮《いせじんぐう》へお参《まい》りしていたらしい。しかもこの道《みち》はお参《まい》りだけではなく、半島《はんとう》の中《なか》で作《つく》られた焼《や》き物《もの》や農作物《のうさくぶつ》なんかを運《はこ》ぶことにも活躍《かつやく》していたそうだ。展示《てんじ》された大《おお》きな壺《つぼ》はそのルートで京都《きょうと》へ届《とど》けられていた豊原《とよはら》の名産品《めいさんひん》だった。色《いろ》つきの版画《はんが》は「浮世絵《うきよえ》」という江戸時代《えどじだい》にはやった庶民的《しょみんてき》な絵《え》で、この伊勢《いせ》街道《かいどう》から見《み》た三河湾《みかわわん》の風景《ふうけい》と旅人《たびびと》の絵《え》が描《か》かれている。

つまりは半島《はんとう》を通《とお》る道《みち》、それに福枝港《ふくえこう》と鳥羽《とば》とを結《むす》ぶ船《ふね》の航路《こうろ》を含《ふく》めたルートが、この豊《とよ》原《はら》の「伊勢街道《いせかいどう》」であり、「海《うみ》をわたる道《みち》」の正体《しょうたい》のようだった。

豊原半島《とよはらはんとう》の歴史《れきし》についてあまり知《し》らなかった僕《ぼく》にとって、この話《はなし》は確《たし》かに意外《いがい》で興味深《きょうみぶか》いものだった。だけどこういう街道《かいどう》は豊原以外《とよはらいがい》にもたくさんありそうだし、豊原《とよはら》の人《ひと》ではないリツキが興味《きょうみ》を持《も》つほどすごい情報《じょうほう》のようには思《おも》えない。

だけど全部《ぜんぶ》の説明文《せつめいぶん》を読《よ》み終《お》えて、僕《ぼく》は納得《なっとく》する。その理由《りゆう》は、一番最後《いちばんさいご》の文章《ぶんしょう》にあった。

この説明《せつめい》は、こんな文章《ぶんしょう》でしめくくられていた。「現在《げんざい》の国道《こくどう》はこの伊勢街道《いせかいどう》に近《ちか》いルートで整備《せいび》され、昔《むかし》のように多《おお》くの人《ひと》や街《まち》を結《むす》ぶ重要《じゅうよう》な役割《やくわり》をになっています」と。

「この国道《こくどう》ってさ、僕《ぼく》たちが旅《たび》をしてきた道《みち》だよね」

僕《ぼく》が話《はな》しかけると、リツキもしみじみした表情《ひょうじょう》でうなずく。今《いま》まで普通《ふつう》の道路《どうろ》だと思《おも》って全然気《ぜんぜんき》にとめていなかった国道《こくどう》が、実《じつ》はそんな昔《むかし》から大事《だいじ》な意味《いみ》を持《も》って存在《そんざい》していたなんて思《おも》いもよらなかった。

だけど、残念《ざんねん》ながら昔《むかし》とは大《おお》きくちがっていることがある。それは、今《いま》の国道《こくどう》は海《うみ》をわたってはいない、ということだ。僕《ぼく》たちの旅《たび》のルートになっている国道《こくどう》は半島《はんとう》のかなり奥《おく》、昔《むかし》は船《ふね》が出《で》ていたという福枝港《ふくえこう》の先《さき》まで続《つづ》いているものの、結局半島《けっきょくはんとう》の先端《せんたん》である岬《みさき》で終《お》わってしまっている。だから説明《せつめい》の最後《さいご》の文章《ぶんしょう》の中《なか》の「昔《むかし》のように多《おお》くの人《ひと》や街《まち》を結《むす》ぶ重要《じゅうよう》な役割《やくわり》をになっています」というのは、微妙《びみょう》に意味《いみ》がちがうような気《き》がする。

僕《ぼく》はそんな感想《かんそう》をおじいさんに伝《つた》えた。するとおじいさんはなぜか嬉《うれ》しそうに笑《わら》い、それから「いいえ、そんなことないですよ」と僕《ぼく》の言葉《ことば》を否定《ひてい》した。

「えっ、そうじゃないんですか？　だって、国道《こくどう》は半島《はんとう》の先《さき》で終《お》わってるじゃないですか」

「いいえ、終《お》わってはいません。あの国道《こくどう》だって、ちゃんと海《うみ》をわたっているんです」

意味深《いみしん》な言葉《ことば》を聞《き》いて、リツキとミキノリもおじいさんに注目《ちゅうもく》した。だけどおじいさんはそんな僕《ぼく》たちにくるりと背《せ》を向《む》けると「ちょっと待《ま》ってください」と言《い》って事務所《じむしょ》の方《ほう》に歩《ある》いていった。それから五分《ふん》くらい経《た》って、おじいさんは一冊《さつ》のぶ厚《あつ》い本《ほん》を持《も》って戻《もど》ってくる。何《なに》かと思《おも》ったら、東海地方《とうかいちほう》の道路地図《どうろちず》だった。

「キミたちは『海上国道《かいじょうこくどう》』という言葉《ことば》を知《し》っていますか？」

それが、戻《もど》ってきたおじいさんの第一声《だいいっせい》だった。もちろん三人《にん》とも初耳《はつみみ》で、僕《ぼく》たちは「何《なん》ですか、海上国道《かいじょうこくどう》って」と質問《しつもん》する。「読《よ》んで字《じ》のごとく『海《うみ》の上《うえ》にある国道《こくどう》』という意味《いみ》です。もちろん海《うみ》の中《なか》に道路《どうろ》が通《とお》っているわけではなく、その上《うえ》にはフェリーなどの航路《こうろ》が設定《せってい》されてるだけですけど。これを見《み》てください」

おじいさんはそう言《い》い、僕《ぼく》たちに道路地図《どうろちず》を近《ちか》づけた。開《ひら》いたページには豊原半島《とよはらはんとう》が載《の》っている。おじいさんは国道《こくどう》を岬《みさき》の方《ほう》に向《む》かって指《ゆび》でなぞりながら、説明《せつめい》を続《つづ》けた。

「これが話《はなし》にあがっている国道《こくどう》ですね。そして君《きみ》（と言《い》って僕《ぼく》を見《み》る）は、この国道《こくどう》がこの岬《みさき》で終《お》わっていると言《い》いました。確《たし》かにこの道路自体《どうろじたい》はここで間違《まちが》いなく途切《とぎ》れています。しかし……」

そう言《い》っておじいさんは地図《ちず》をめくり、鳥羽《とば》の載《の》っている地域《ちいき》のページを見《み》せた。

おじいさんは再《ふたた》び、その中《なか》の一本《ぽん》の道路《どうろ》を指《ゆび》さした。そこは国道《こくどう》であることを表《あらわ》すピンク色《いろ》に塗《ぬ》られており、何号線《なんごうせん》かを示《しめ》す青《あお》い三角形《さんかくけい》の表示《ひょうじ》には豊原半島《とよはらはんとう》の国道《こくどう》と同《おな》じ数字《すうじ》が記《しる》されていた。

驚《おどろ》いた僕《ぼく》たちが顔《かお》をあげると、おじいさんはにっこりとほほ笑《え》んだ。

「つまりは、地《ち》の果《は》てから海《うみ》をわたり、道路計画上《どうろけいかくじょう》の線《せん》で結《むす》ばれた土地《とち》で復活《ふっかつ》するのが海上国道《かいじょうこくどう》なんです。この国道《こくどう》は当時《とうじ》の伊勢街道《いせかいどう》のルートとはちがいますが、紀伊半島《きいはんとう》をぐるりと回《まわ》って和歌山《わかやま》まで続《つづ》いています。それだけの話《はなし》といえばそうかもしれませんが、なかなかロマンがあると思《おも》いませんか?」

その問《と》いかけに、僕《ぼく》たちはそろってうなずく。するとおじいさんも、満足《まんぞく》したように大《おお》きくうなずいた。

「理解《りかい》してもらえて嬉《うれ》しいです。では少《すこ》し早《はや》いですが、これで八番目《ばんめ》の課題《かだい》はクリアとしましょうか」

そう言《い》って、おじいさんは僕《ぼく》たちに「8」のスタンプを押《お》してくれた。最後《さいご》におじいさんにお礼《れい》を言《い》うと、なぜか「こちらこそありがとう」とお礼《れい》を返《かえ》されてしまった。もしかしたら、このおじいさんは海《うみ》を越《こ》える国道《こくどう》の話《はなし》によほど強《つよ》いロマンを感《かん》じていたのかもしれない。

次《つぎ》のバスまではまだ時間《じかん》があったので、僕《ぼく》たちはひと通《とお》り展示《てんじ》を見学《けんがく》してから郷土資料《きょうどしりょう》館《かん》をあとにした。それでもまだ十分近《ぷんちか》く時間《じかん》があるけれど、僕《ぼく》たちはバス停《てい》の前《まえ》で待《ま》つことにした。

昨日《きのう》の反省《はんせい》を生《い》かして今日《きょう》は帽子《ぼうし》と水筒《すいとう》を用意《ようい》してきたから、十分《ぷん》や二十分《ぷん》くらいの待《ま》ち時間《じかん》はへっちゃらだ。それに、これはブルーラリーの中《なか》では最後《さいご》のバス待《ま》ちになる。この旅《たび》では何度《なんど》もバス待《ま》ちで悩《なや》まされてきたけれど、それも最後《さいご》だと思《おも》うと何《なん》となく名残惜《なごりお》しくて、長《なが》くても待《ま》っていたい気分《きぶん》になったのだ。

つつじ台《だい》のはずれにある小《ちい》さなロータリーに立《た》ち、とりとめのない話《はなし》をしている間《あいだ》に、あっという間《ま》に十分《ぷん》が過《す》ぎてしまう。きっと遅《おく》れるだろうけれど、いつバスがきてもおかしくない時間《じかん》になった。

「さっきの学芸員《がくげいいん》さんの話《はなし》、なんかよかったよね」

話題《わだい》がなくなってふと黙《だま》りこんでいると、リツキがぽつりと言《い》った。

「いったん終《お》わった道《みち》が、海《うみ》の向《む》こうでまた続《つづ》いてるって……。私《わたし》、もうすぐでこの旅《たび》が終《お》わっちゃうんだと思《おも》ってずっと寂《さび》しかったんだけど、その話《はなし》を聞《き》いたらなんだか元気《げんき》が出《で》てきた」

「どうして？　道路《どうろ》の話《はなし》なのに」

それを聞《き》いた僕《ぼく》は思《おも》わず、そんなふうに聞《き》き返《かえ》してしまった
さっきのおじいさんの話《はなし》は確《たし》かに面白《おもしろ》かったけれど、リツキの言葉《ことば》ほどではなかった。だから僕《ぼく》は少《すこ》し驚《おどろ》いてしまい、リツキに聞《き》き返《かえ》したのだった。するとリツキが「変《へん》だって思《おも》うかもしれないけど、笑《わら》わないでね」と前置《まえお》きしながら語《かた》り始《はじ》めた。

「離《はな》れてて絶対《ぜったい》につながらないはずの二つの道《みち》が、海《うみ》っていう大《おお》きな『青《あお》』を通《とお》して結《むす》ばれているのが素敵《すてき》だなって思《おも》ったの。私《わたし》なりの考《かんが》えなのかもしれないけど」

そう語《かた》るリツキの声《こえ》にははっきりとわかるほど強《つよ》い感動《かんどう》が表《あらわ》れていて、思《おも》わず驚《おどろ》いてしまったくらいだった。そのせいだろうか。僕《ぼく》はちょっとした失敗《しっぱい》をしてしまう。

リツキが反応《はんのう》を気《き》にしてこっちにふり向《む》いた時《とき》、とっさに目《め》をそらしてしまったのだ。そんな僕《ぼく》の姿《すがた》はもしかしたら、リツキには旅《たび》の最初《さいしょ》の頃《ころ》の僕《ぼく》と同《おな》じように映《うつ》ったかもしれない。

あせった僕《ぼく》は、リツキに何《なに》か言葉《ことば》をかけようと必死《ひっし》に考《かんが》えをめぐらせた。簡単《かんたん》な言葉《ことば》ならすぐに出《で》てきそうなのに、なぜか何《なに》も浮《う》かばない。

その沈黙《ちんもく》を破《やぶ》ったのは僕《ぼく》ではなく、ミキノリの唐突《とうとつ》な叫《さけ》び声《ごえ》だった。

「ないいいいいいぃっ！」

今《いま》まで静《しず》かだったミキノリが急《きゅう》に大声《おおごえ》をあげたので、僕《ぼく》たちはびっくりしてふり返《かえ》った。

「どうしたの？」

「パスケースがないっ！」

それを聞《き》いた僕《ぼく》とリツキの間《あいだ》にも緊張《きんちょう》が走《はし》る。

ミキノリはバスを待《ま》っている途中《とちゅう》でフリー乗車券《じょうしゃけん》とスタンプカードを入《い》れたパスケースがないことに気《き》がついて、さっきから探《さが》し続《つづ》けていたらしい。それでも見《み》つからないということは、どこかに落《お》としたか置《お》いてきたとしか考《かんが》えられない。

「心当《こころあ》たりはある？　どこかでパスケースを首《くび》から外《はず》したとか、転《ころ》んじゃったとか」

珍《めずら》しく張《は》りつめた声《こえ》でリツキに聞《き》かれ、ミキノリはぎゅっと目《め》をつむって考《かんが》えこんだ。しばらくしてぱっと目《め》を開《ひら》いたミキノリは「トイレだ！」と叫《さけ》ぶ。それを聞《き》いた僕《ぼく》は、すぐに郷土資料館《きょうどしりょうかん》に向《む》かって走《はし》り出《だ》した。

ここから郷土資料館《きょうどしりょうかん》までは少し離《すこ　はな》れていて、僕《ぼく》が全速力《ぜんそくりょく》で走《はし》っても往復《おうふく》で五分《ふん》はかかりそうだ。そしてバスはいつくるかわからない。場所《ばしょ》もわかっているのだし、僕《ぼく》が一人で行《い》く方《ほう》が間《ま》に合《あ》う可能性《かのうせい》が高《たか》いだろう。

さっきよりも近《ちか》そうな道《みち》を選《えら》んで、郷土資料館《きょうどしりょうかん》に着《つ》いた。また来《き》た僕《ぼく》を不思議《ふしぎ》そうに見《み》る受付《うけつけ》の人《ひと》の前《まえ》をさっと通《とお》り過《す》ぎて、トイレに直行《ちょっこう》する。

だけど、ミキノリが置《お》きそうな場所《ばしょ》を全部見《ぜんぶみ》てもパスケースは見《み》つからなかった。ここにはない……そう確信《かくしん》した瞬間《しゅんかん》に、心臓《しんぞう》が重《おも》い鼓動《こどう》を打《う》った。

受付《うけつけ》に行《い》ってパスケースが届《とど》いていないかたずねたけれど、今日《きょう》はそういう落《お》とし物《もの》はきていないという。バスが遅《おく》れることをこんなに強《つよ》く願《ねが》うのは初《はじ》めてだった。最後《さいご》のバス待《ま》ちだったのに。

ふくらんでくるミキノリへの不満《ふまん》をおさえつつ、僕《ぼく》もその行動《こうどう》を思《おも》い出《だ》そうとする。だけどトイレに行《い》く前《まえ》のミキノリとのやり取《と》りを思《おも》い出《だ》した瞬間《しゅんかん》、怒《いか》りはたちまち脱力感《だつりょくかん》に変《か》わっていった。

おそるおそるズボンのポケットに手《て》を入《い》れると、思《おも》っていた通《とお》りの感触《かんしょく》があった。そして取《と》り出《だ》してみると、思《おも》っていた通《とお》りのものが出《で》てきた。ミキノリのパスケースだ。

そうだ。僕《ぼく》はミキノリがトイレに行《い》く前《まえ》に、首《くび》にかけたケースを汚《よご》さないようにあずかっていたのだ。これはミキノリだけではなく、僕《ぼく》のミスでもあったというわけだ。

とにかく、あまり時間《じかん》がかからずにパスケースが見《み》つかってよかった。あとはバスがきていないのを祈《いの》るだけだ。僕《ぼく》はすぐに郷土資料館《きょうどしりょうかん》を出《で》て、さっきと同《おな》じ道《みち》を走《はし》る。ロータリーが見《み》える所《ところ》までくると、そこにはもうバスが停《と》まっていた。近《ちか》くにリツキたちはいない。きっともうバスに乗《の》っているのだろう。

もう少《すこ》しというところでドアが閉《し》まりかけたけれど、走《はし》ってきた僕《ぼく》に気《き》がついた運転手《うんてんしゅ》さんがもう一度《いちど》開《あ》けてくれた。僕《ぼく》を乗《の》せるとすぐにドアが閉《し》まり、バスは発進《はっしん》する。大《おお》きなミスに気《き》がついたのはその直後《ちょくご》だった。

呼吸《こきゅう》を整《ととの》えて車内《しゃない》を見回《みまわ》したら、そこにリツキとミキノリの姿《すがた》はなかった。

その瞬間《しゅんかん》、頭《あたま》の中《なか》が真《ま》っ白《しろ》になった。バスはロータリーを回《まわ》って停留所《ていりゅうじょ》から遠《とお》ざかっていく頃《ころ》で、後部座席《こうぶざせき》の奥《おく》の窓《まど》に、小《ちい》さくなっていくつつじ台《だい》の真新《まあたら》しい家並《いえな》みが見《み》える。僕《ぼく》はその中《なか》に、ぽかんとした顔《かお》でバスを見《み》ている二人の姿《すがた》を見《み》つけた。

すれちがった！　僕《ぼく》ががくぜんとなった時《とき》にはもう、バスはつつじ台《だい》を離《はな》れていた。

こうなれば先《さき》に行《い》って待《ま》つしかない……そう思《おも》ったけれど、すぐにそれも無理《むり》だと気《き》がついた。ミキノリのパスケースは僕《ぼく》のポケットの中《なか》に入《はい》っているのだ。

本当《ほんとう》に最悪《さいあく》の状況《じょうきょう》になってしまった。最後《さいご》の最後《さいご》で。

僕《ぼく》は混乱《こんらん》する気持《きも》ちをおさえながら、三日目《めい》からは定位置《ていいち》になっていた一番後《いちばんうし》ろの座席《ざせき》にへなへなと座《すわ》りこんだ。

景色《けしき》を見《み》てなるべく気持《きも》ちを落《お》ち着《つ》けながら、僕《ぼく》は一生懸命考《いっしょうけんめいかんが》えた。

どうしてこんなことになってしまったのかは、すぐに想像《そうぞう》がついた。途中《とちゅう》で僕《ぼく》がパスケースを持《も》っていることに気《き》づいた二人が、それを伝《つた》えようとあわてて資料館《しりょうかん》へ向《む》かったんだろう。だけど僕《ぼく》は近道《ちかみち》を使《つか》って停留所《ていりゅうじょ》に向《む》かった。そこで二人とすれちがったのだ。でも、今《いま》さらその原因《げんいん》がわかっても仕方《しかた》がない。

考《かんが》えないといけないのは、これから僕《ぼく》はどう行動《こうどう》しないといけないのかだ。それはつまり、リツキたちがどうするのかを考《かんが》えるということだった。特《とく》にリツキが。

だけど、今《いま》の僕《ぼく》にリツキのことがわかるのだろうか？　こんな状況《じょうきょう》でリツキがどうするのかなんて……。

自問自答《じもんじとう》して弱気《よわき》になってしまうのは、さっきのバス待《ま》ちでの出来事《できごと》を思《おも》い出《だ》したからだった。

リッキにとって「青《あお》」は特別《とくべつ》で大切《たいせつ》なものなんだってことは、僕《ぼく》もわかっていたつもりだった。だけど海上国道《かいじょうこくどう》の話《はなし》で感動《かんどう》するリッキの姿《すがた》を見《み》て、それは今《いま》まで僕《ぼく》が考《かんが》えていたよりもずっと大《おお》きなものなんじゃないかと思《おも》うようになってきたのだ。

リッキにとっての「青《あお》」とは一体何《いったいなん》なのか……旅《たび》をするうちに理解《りかい》できたと思《おも》っていた疑問《ぎもん》が、ますます大《おお》きくなったような気《き》がした。ふり向《む》くリッキから目《め》をそらしてしまったのは、そのショックに戸惑《とまど》ってしまったせいだ。

国道《こくどう》に入《はい》ってしばらく経《た》って、いよいよ海《うみ》が見《み》えてきた。終点《しゅうてん》の海浜公園駅前《かいひんこうえんえきまえ》はもう少《すこ》しだ。まさか旅《たび》のゴールを一人で迎《むか》えるとは思《おも》いもよらなかった。

やがて道路《どうろ》の向《む》こうに、洋風《ようふう》の三角屋根《さんかくやね》が付《つ》いた小《ちい》さな駅舎《えきしゃ》が見《み》えてきた。

「ご乗車《じょうしゃ》ありがとうございます。間《ま》もなく終点《しゅうてん》、海浜公園駅前《かいひんこうえんえきまえ》です。お降《お》りの際《さい》はお忘《わす》れ物《もの》のないようにご注意《ちゅうい》ください……」

そんなアナウンスが車内《しゃない》に響《ひび》く。前《まえ》にこのセリフを聞《き》いたのは豊原駅前《とよはらえきまえ》で、リッキと初《はじ》めて一緒《いっしょ》にバスに乗《の》った時《とき》だったことを思《おも》い出《だ》した。

バスは大《おお》きなヤシの木《き》が生《は》えた駅前《えきまえ》のロータリーに入《はい》り、ゆっくりと停車《ていしゃ》した。そして人間《にんげん》が呼吸《こきゅう》を整《ととの》えるように「ぷしゅうう……」と大《おお》きな起動音《きどうおん》を響《ひび》かせて、ドアが開《ひら》いた。

僕《ぼく》がブルーラリーのパスを見《み》せると、運転手《うんてんしゅ》さんはニッと笑《わら》って「おっ、ブルーラリーか。お疲《つか》れさま！」と明《あか》るい声《こえ》をかけてくれた。僕《ぼく》は複雑《ふくざつ》な気持《きも》ちになって、微妙《びみょう》な笑顔《えがお》を浮《う》かべてステップを降《お》りていった。

終着駅《しゅうちゃくえき》である海浜公園駅《かいひんこうえんえき》の駅舎《えきしゃ》は、三方丘駅《みかたがおかえき》と同《おな》じくらいの大《おお》きさだ。だけど三方丘《みかたがおか》駅《えき》よりも周《まわ》りに住《す》んでいる人《ひと》が少《すく》ないためか、ここが支所《ししょ》として使《つか》われることはなく、今《いま》では無《む》人《じん》の休憩所《きゅうけいじょ》になっている。白《しろ》い壁《かべ》と青《あお》い屋根《やね》が特徴的《とくちょうてき》な木造駅舎《もくぞうえきしゃ》はここがにぎわっていた頃《ころ》にはちょっとしたリゾート気分《きぶん》をかき立《た》てていたのかも知《し》れないけれど、今《いま》ではすっかり色《いろ》あせてしまって、一人の僕《ぼく》をますます寂《さび》しくさせるだけだった。

つつじ台《だい》に引《ひ》き返《かえ》そうかと思《おも》って時刻表《じこくひょう》を見《み》たけれど、次《つぎ》の豊原駅方面《とよはらえきほうめん》のバスはかなり先《さき》だ。それからまたここに戻《もど》るなんてことをしていたら、絶対《ぜったい》にリツキの帰《かえ》りに間《ま》に合《あ》わなくなってしまう。

結局《けっきょく》何のアイデアも浮《う》かばなかった僕《ぼく》は、とりあえず最後《さいご》のポイントである駅舎《えきしゃ》の中《なか》に入《はい》った。

薄暗《うすぐら》い休憩所《きゅうけいじょ》には誰《だれ》の姿《すがた》もない。壁《かべ》には最低《さいてい》でも一年以上《いじょう》は経《た》っている古《ふる》いポスターがたくさん貼《は》られ、待合室《まちあいしつ》だった休憩所《きゅうけいじょ》の真《ま》ん中《なか》には、古《ふる》くなってところどころが欠《か》けたプラスチック製《せい》のベンチが三つ、寂《さび》しげに並《なら》んでいる。

そんな休憩所《きゅうけいじょ》のすみに、小《ちい》さなスタンプ台《だい》がぽつんとあった。近《ちか》づくと、台《だい》の上《うえ》にはひもで結《むす》ばれた「9」のスタンプと青《あお》いインクが置《お》いてある。今《いま》までのポイントとはちがって、誰《だれ》でも自由《じゆう》にスタンプが押《お》せるようになっているようだ。最後《さいご》のポイントなのに。

だけどその台《だい》の上《うえ》には、一枚《まい》の貼《は》り紙《がみ》があった。そこにはこんなことが書《か》かれている。

「ブルーラリーの方《かた》へ……9番目《ばんめ》の課題《かだい》は『あなたの中《なか》で、しっかりとブルーラリーを終《お》えること』です。あなたが今回《こんかい》の旅《たび》の中《なか》でお友《とも》だちと楽《たの》しい思《おも》い出《で》をつくり、この街《まち》やお友《とも》だちのことを理解《りかい》し、少《すこ》しでも成長《せいちょう》できたと感《かん》じたなら、自信《じしん》を持《も》ってこのスタンプを押《お》してください。そうでない方《かた》は改《あらた》めて旅《たび》を続《つづ》けるか、また次《つぎ》の季節《きせつ》にお会《あ》いしましょう」

最後《さいご》の課題《かだい》を読《よ》み終《お》えた僕《ぼく》は、ぼうぜんとなってしまった。

しっかりブルーラリーを終《お》える。僕《ぼく》の中《なか》で。

今《いま》の僕《ぼく》には、このスタンプは絶対《ぜったい》に押《お》せないと思《おも》った。僕《ぼく》はリツキのことを理解《りかい》しないといけない。リツキたちは今《いま》、どこで何《なに》をしているのだろう……。

僕《ぼく》は外《そと》に戻《もど》ると、駅前《えきまえ》を見回《みまわ》した。そしてロータリーに沿《そ》った歩道《ほどう》のはじっこに、大《おお》きな案内板《あんないばん》がかかっているのを発見《はっけん》した。

ほんの少《すこ》しでもヒントになる情報《じょうほう》がないか、その案内板《あんないばん》に近《ちか》づいてみた……その時《とき》だ。

そこに描《か》かれてあった周辺《しゅうへん》の地図《ちず》を見《み》た時《とき》、一つの考《かんが》えが閃光《せんこう》のようにひらめいた。

その直後《ちょくご》、僕《ぼく》の足《あし》が力強《ちからづよ》く地面《じめん》を蹴《け》る。考《かんが》えるよりも先《さき》に、僕《ぼく》は海《うみ》に向《む》かって走《はし》りだしていた。

停車場跡《ていしゃじょうあと》の広場《ひろば》を通《とお》り過《す》ぎ、小《ちい》さな松林《まつばやし》の中《なか》の道《みち》を駆《か》け抜《ぬ》けると、強烈《きょうれつ》な夏《なつ》の日差《ひざ》しが目《め》に飛《と》びこんでくる。白《しろ》い砂浜《すなはま》の向《む》こうに、海《うみ》の青《あお》と空《そら》の青《あお》が広《ひろ》がっている。

砂浜《すなはま》に着《つ》いた僕《ぼく》は半島《はんとう》の入《い》り口《ぐち》の方《ほう》……つまり僕《ぼく》たちの旅《たび》とは逆《ぎゃく》の方向《ほうこう》に歩《ある》き始《はじ》めた。

弓《ゆみ》なりに沿《そ》った海岸《かいがん》の向《む》こうに、昨日《きのう》数《かぞ》えた風力発電《ふうりょくはつでん》の風車《ふうしゃ》が見《み》えた。

昨日《きのう》よりもずいぶん大《おお》きく見《み》えるその姿《すがた》に僕《ぼく》は……いや僕《ぼく》たちは、自分《じぶん》たちで思《おも》っていたよりも長《なが》い旅《たび》をしていたことを実感《じっかん》する。僕《ぼく》はその旅《たび》の長《なが》さと、その間《あいだ》にわかったことの全《すべ》てをかけるつもりで、この砂浜《すなはま》を歩《ある》き続《つづ》ける。

昨日《きのう》リツキはあの風車《ふうしゃ》を見《み》たあとで「海《うみ》の青《あお》が好《す》き」だと言《い》っていたし、さっきも海《うみ》を通《つう》じてつながる海上国道《かいじょうこくどう》の話《はなし》に感動《かんどう》していた。リツキはきっと、旅《たび》の最後《さいご》にこの海《うみ》を選《えら》ぶはずだ。

僕《ぼく》がリツキについて知《し》っていること、そして考《かんが》えられることはここまでだ。それだけを頼《たよ》りにして、僕《ぼく》は進《すす》む。もう迷《まよ》わず、ただひたすらに。

やがてかげろうにつつまれた砂浜《すなはま》の向《む》こうに、見覚《みおぼ》えのある二人組《ぐみ》の姿《すがた》がぼんやりと浮《う》かび上《あ》がってきた。

ポニーテールの女《おんな》の子《こ》と、小《ちい》さな男《おとこ》の子《こ》だ。

「ハルト君《くん》!」

「兄《にい》ちゃん!」

「リツキ! ミキノリ!」

二人の声《こえ》を聞《き》いた僕《ぼく》は嬉《うれ》しさでいっぱいになり、夢中《むちゅう》になって走《はし》りだした。はぐれてから一時間《じかん》も経《た》っていないけれど、ものすごく懐《なつ》かしい気《き》がする。

僕《ぼく》がかけ寄《よ》ると、リツキがうっすら涙《なみだ》の浮《う》かんだ目《め》で笑《わら》いかけてくれた。

「よかった! ハルト君《くん》、やっぱりここに来《き》てくれたんだね!」

「やっぱり……って、どういうこと?」

「うん。ハルト君《くん》とすれちがったあと、私《わたし》とミキノリ君《くん》で相談《そうだん》したの」

リツキはそれから、僕《ぼく》と離《はな》れたあとのことを説明《せつめい》してくれた。

あのあと二人はルールブックの地図《ちず》を見《み》て、僕《ぼく》と同《おな》じことに気《き》がついたという。

それは、つつじ台《だい》と海浜公園《かいひんこうえん》の距離《きょり》は意外《いがい》と近《ちか》いということだった。

豊原半島《とよはらはんとう》の海岸線《かいがんせん》はつつじ台《だい》に近《ちか》い辺《あた》りから弓《ゆみ》なりに海《うみ》に突《つ》き出《で》た地形《ちけい》をしていて、半島《はんとう》の奥《おく》まで続《つづ》く国道《こくどう》は再《ふたた》び海《うみ》から遠《とお》ざかるようになっている。つまり国道《こくどう》を通《とお》ってから海浜公《かいひんこう》園《えん》に向《む》かうバスのルートは海岸伝《かいがんづた》いに進《すす》むよりもかなり遠回《とおまわ》りになっていたのだ。

だけど、二人はすぐにそのことに気《き》がついたものの、今度《こんど》は僕《ぼく》のことが心配《しんぱい》になって動《うご》き始《はじ》めるのをためらってしまったそうだ。

二人が海沿《うみぞ》いに歩《ある》き出《だ》した場合《ばあい》、果《は》たして僕《ぼく》と再《ふたた》びすれちがいになることはないだろうか、僕《ぼく》が駅舎《えきしゃ》か海浜公園《かいひんこうえん》で待《ま》っているだろうか……そんな疑問《ぎもん》が生《う》まれてしまい、二人は真剣《しんけん》に悩《なや》んでしまったという。でも……。

「少《すこ》し考《かんが》えて決心《けっしん》したの。やっぱり海《うみ》に行《い》こうって。ハルト君《くん》はきっと、私《わたし》が海沿《うみぞ》いを通《とお》ってゴールに行《い》くことをわかってくれているだろう、って思《おも》ったから」

リツキの言葉《ことば》に、隣《となり》のミキノリも大《おお》きくうなずいた。

その話《はなし》を聞《き》いて、僕《ぼく》はすごく嬉《うれ》しくなった。それは無事《ぶじ》に二人に会《あ》えたからだけじゃない。二人も僕《ぼく》の気持《きも》ちを読《よ》み取《と》ってくれて、海岸《かいがん》を歩《ある》くことを選《えら》んでくれたからだった。

だってそれは「僕《ぼく》がどこまでリツキのことを理解《りかい》できていたのか」ということを、リツキがちゃんと理解《りかい》していてくれたということなのだから。

それから僕《ぼく》たちは、最後《さいご》のポイントに向《む》かってゆっくりと歩《ある》き始《はじ》めた。

「ねえ、兄《にい》ちゃんはもうさいごのかだい見《み》てきたの？」

ミキノリに聞《き》かれて、僕《ぼく》はこくんとうなずいた。するとリツキも声《こえ》を弾《はず》ませ、さらに質問《しつもん》してくる。

「本当《ほんとう》？　簡単《かんたん》そうだった？」

「簡単《かんたん》だよ。っていうか、僕《ぼく》たちはもうクリアしてると思《おも》う」

首《くび》をかしげた二人に、僕《ぼく》はにっこりと笑《わら》いかけた。

僕《ぼく》たちは駅舎《えきしゃ》に着《つ》くと、台《だい》の上《うえ》の「9」のスタンプを押《お》した。これで九個《こ》のすべてのマスが、青《あお》いスタンプで埋《う》まった。

このカードを最初《さいしょ》のポイントだったバスセンターに持《も》っていくと記念品《きねんひん》がもらえるらしい。だけど僕《ぼく》たちの目的《もくてき》は「青《あお》」を集《あつ》めることだったから、そうするつもりはなかった。

「リツキ、僕《ぼく》たちの『青《あお》』も持《も》ってってってよ」

僕《ぼく》とミキノリはそう言《い》って、リツキにスタンプカードを渡《わた》した。

リツキはえんりょするように、「いいの？」と何度《なんど》も僕《ぼく》たちに聞《き》いてきた。だけど僕《ぼく》たち

はむしろ、リツキにこのカードを持《も》っていてほしかった。そのことが伝《つた》わったのかリツキは嬉《うれ》しそうに笑《わら》い、二枚《まい》のカードを受《う》け取《と》ってくれた。

そして自分《じぶん》のカードと一緒《いっしょ》に、クリアブルーのペンケースにしまう。ビニール生地《きじ》の向《む》こうで、スタンプの青色《あおいろ》がますます深《ふか》くなったような気《き》がした。

それから僕《ぼく》たちは砂浜《すなはま》に戻《もど》り、バスがくるまでの時間《じかん》をつぶすことにした。

ブルーラリーも終《お》わって、これが本当《ほんとう》に最後《さいご》のバス待《ま》ちになる。それはつまり、僕《ぼく》たち三人《にん》が一緒《いっしょ》に過《す》ごす時間《じかん》も終《お》わろうとしているということだ。

かつて海浜公園《かいひんこうえん》としてにぎわっていた砂浜《すなはま》は、今《いま》では近所《きんじょ》に住《す》んでいるらしい子《こ》どもや家《か》族《ぞく》づれが遊《あそ》ぶ姿《すがた》がちらほらと見《み》えるばかりだった。

海《うみ》はすごくキレイだけれど、管理《かんり》されていない砂浜《すなはま》は流木《りゅうぼく》や小石《こいし》、どこからか流《なが》れ着《つ》いたらしいゴミなんかが散乱《さんらん》している。そんなひなびた海岸《かいがん》の景色《けしき》には、夏《なつ》の終《お》わりの気配《けはい》がたちこめていた。

「ハルト君《くん》。さっき学芸員《がくげいいん》さんが言《い》ってた鳥羽《とば》って、あの辺《あた》りかな？」

ずっと海《うみ》をながめていたリツキが、遠《とお》くにぽつんと見《み》える陸地《りくち》を指《ゆび》さしてたずねてきた。

「ちがう。あれは豊原《とよはら》と知多半島《ちたはんとう》の間《あいだ》にある島《しま》だよ。名前《なまえ》はわからないけど。鳥羽《とば》はもっと遠《とお》いから、見《み》えないと思《おも》う」

「へえ……私《わたし》たちが旅《たび》してきた国道《こくどう》って、そんな所《ところ》まで続《つづ》いてるんだ。そこからもっと遠《とお》くの街《まち》へ行《い》くなんて……やっぱりすごいね」

そんなリツキの言葉《ことば》に、今度《こんど》はしっかりとうなずくことができた。

空《そら》と海《うみ》……。この二つの広大《こうだい》な青《あお》を前《まえ》にするリツキの目《め》にどんな景色《けしき》が広《ひろ》がっているのだろう？　僕《ぼく》にははっきりとわからない。だけどそんな今《いま》の景色《けしき》は今後《こんご》のリツキにとって、すごく大切《たいせつ》なものになるんだってことは確信《かくしん》できた。そう思《おも》うだけでも僕《ぼく》はこの旅《たび》を通《とお》して大《おお》きく変《か》われた気《き》がするし、十分《じゅうぶん》だと思《おも》った。

「リツキ、いい曲《きょく》が完成《かんせい》しそう？」

「うん……たぶん」

リツキの返事《へんじ》はあいまいだ。だけどこの景色《けしき》をながめてほほ笑《え》む横顔《よこがお》には、前《まえ》に聞《き》いた時《とき》にはなかった力強《ちからづよ》さがあった。

「イメージは色々《いろいろ》と浮《う》かんでくるんだけど、まだ一つの曲《きょく》になるほどまとまっていないの。たぶん、もう少《すこ》し時間《じかん》がかかるんだと思《おも》う。北海道《ほっかいどう》に帰《かえ》ってこの旅《たび》のことをふり返《かえ》りながら、じっくりと創《つく》っていきたいの」

「そっか。がんばってな」

リツキは心《こころ》の底《そこ》から喜《よろこ》ぶように、ニッと僕《ぼく》に笑《わら》いかけてくれた。リツキの曲《きょく》を聞《き》けないのは残念《ざんねん》だったけれど、絶対《ぜったい》にいい曲《きょく》になるんだろうと、不思議《ふしぎ》なくらい強《つよ》く思《おも》った。

「兄《にい》ちゃん！　リツキ！　バスがきてるよ！」

ミキノリの言葉《ことば》にふり返《かえ》ると、松林《まつばやし》の先《さき》に見《み》えるロータリーには出発待《しゅっぱつま》ちのブルーラインのバスが停《と》まっていた。いよいよ終《お》わる。僕《ぼく》たちの旅《たび》が。

「ありがとうハルト君《くん》。私《わたし》、ここで見《み》つけた『青《あお》』を大切《たいせつ》にするね」

「それは僕《ぼく》も同《おな》じだよ。ありがとうリツキ」

僕《ぼく》たちは同時《どうじ》に海《うみ》と空《そら》に背《せ》を向《む》ける。そしてミキノリと一緒《いっしょ》に、バスに向《む》かって元気《げんき》よく駆《か》け出《だ》した。


……四日間《かん》の旅《たび》が終《お》わり、記録会《きろくかい》の前日《ぜんじつ》。

僕《ぼく》はまた「青《あお》」の中《なか》に戻《もど》っていた。

全身《ぜんしん》を包《つつ》みこむ水《みず》、プールの底《そこ》でゆらめく光《ひかり》の波紋《はもん》、息《いき》つぎのたびに視界《しかい》に現《あらわ》れる夕方《ゆうがた》の空《そら》、僕《ぼく》の望《のぞ》んだ通《とお》りの速《はや》さで近《ちか》づいてくるゴールの壁《かべ》の赤《あか》いライン……ゴーグルを通《とお》して見《み》える世界《せかい》はすべて青色《あおいろ》をおびている。だけどそこには、旅《たび》の前《まえ》に感《かん》じていたような重苦《おもくる》しさはない。僕《ぼく》は魚《さかな》のような気分《きぶん》で水《みず》の中《なか》をしなやかに進《すす》み、あっという間《ま》に赤《あか》いラインに手《て》をつけた。

水《みず》の中《なか》から顔《かお》をあげると、隣《となり》ではほとんど同《おな》じタイミングで雄真《ゆうま》も顔《かお》を出《だ》していた。ふいに目《め》を合《あ》わせた僕《ぼく》たちは、ニッと笑顔《えがお》をかわしあった。

最後《さいご》の練習《れんしゅう》メニューを全《すべ》てこなした僕《ぼく》はゴーグルを外《はず》し、あお向《む》けになって水《みず》に浮《う》かんだ状態《じょうたい》で休《やす》んでいた。

やっぱり、日《ひ》が沈《しず》むのが早《はや》くなった……紫《むらさき》に近《ちか》い紺色《こんいろ》に染《そ》まった空《そら》を見《み》ながらぼんやりと考《かんが》えていると、視界《しかい》のすみで一匹《ぴき》のアキアカネがひらりと舞《ま》った。それを目《め》で追《お》おうとした時《とき》、頭《あたま》に「こつん」と硬《かた》い感触《かんしょく》が走《はし》った。

慌《あわ》ててプールの底《そこ》に足《あし》をついてふり返《かえ》ると、雄真《ゆうま》がにやにや笑《わら》いながら立《た》っていた。

「復活《ふっかつ》したじゃん悠人《はると》。安心《あんしん》したよ」

「おう……あ、ありがと」

いきなり「安心《あんしん》したよ」なんて言《い》われた僕《ぼく》は照《て》れ臭《くさ》くなって、わざとぶっきらぼうな返事《へんじ》を返《かえ》してしまう。だけど雄真《ゆうま》は真剣《しんけん》に、ライバルである僕《ぼく》を心配《しんぱい》してくれていたようだ。

「悠人《はると》が練習《れんしゅう》を休《やす》んだって聞《き》いた時《とき》は、本気《ほんき》で水泳《すいえい》やめる気《き》なんだって思《おも》ったよ。今年《ことし》の夏《なつ》はずっと調子悪《ちょうしわる》そうだったし、この前《まえ》たまたま会《あ》ったら女子《じょし》とブルーラリーの途中《とちゅう》だとか言《い》うし。なのに休《やす》んで帰《かえ》ってきたらスランプ脱出《だっしゅつ》してたからさ、本当《ほんとう》にびっくりしたよ。なあ、どんな秘密《ひみつ》の特訓《とっくん》してたんだよ？」

「何《なに》もしてないよ。本当《ほんとう》にブルーラリーしてただけなんだから」

それでも僕《ぼく》の話《はなし》を信《しん》じようとしない雄真《ゆうま》がからかうように水《みず》をかけてきたので、僕《ぼく》も負《ま》けじと反撃《はんげき》する。しばらくわいわい言《い》いながら水《みず》をかけあったあと、なぜか「五〇メートルで決着《けっちゃく》つけようぜ！」という話《はなし》になって、僕《ぼく》たちはプールからあがった。

プールサイドを歩《ある》きながら、ずっと遠《とお》くの空《そら》を何《なに》げなくながめていた時《とき》だった。おとなしくなったセミの鳴《な》き声《ごえ》にまざって、僕《ぼく》の耳《みみ》にピアノの旋律《せんりつ》が聞《き》こえてきた。

それはほんの短《みじか》い時間《じかん》だった。ふいに流《なが》れてきた街頭放送《がいとうほうそう》の「トロイメライ」によって、ふっとかき消《け》されてしまったのだ。

だけどその一瞬《いっしゅん》のメロディーは、僕《ぼく》の耳《みみ》に、いや……心《こころ》にはっきりと残《のこ》っている。うまく表現《ひょうげん》できないけれど、記憶《きおく》の中《なか》でそれを繰《く》り返《かえ》すと、色々《いろいろ》なイメージがプリズムのように次々《つぎつぎ》とまたたいては消《き》えていった。

展望室《てんぼうしつ》からながめた半島《はんとう》の風景《ふうけい》。八角形《はっかくけい》のサイダーのビン。スナックの明《あか》るいおばさんたち。画用紙《がようし》の上《うえ》を自由《じゆう》に泳《およ》ぐいくつもの青《あお》。ゆっくりと回《まわ》る風車《ふうしゃ》のプロペラ。砂利道《じゃりみち》の上《うえ》にたたずむショウリョウバッタ。海《うみ》の先《さき》まで続《つづ》いているという国道《こくどう》のまっすぐな道《みち》。砂浜《すなはま》からながめた広大《こうだい》な海《うみ》と空《そら》……。

それは僕《ぼく》がブルーラリーの中《なか》で出《で》あった風景《ふうけい》の数々《かずかず》だった。だけど浮《う》かんでくるイメージは僕《ぼく》が見《み》たものと少《すこ》し感《かん》じがちがい、光景《こうけい》のすべてが淡《あわ》くぼやけているような気《き》がした。まるで古《ふる》い映像《えいぞう》のように。同時《どうじ》に心《こころ》の中《なか》には、通《とお》り過《す》ぎていったブルーラリーへの懐《なつ》かしさやいとおしさがいっぱいに広《ひろ》がってくる。

最初《さいしょ》は不思議《ふしぎ》に思《おも》ったけれど、すぐにはっと気《き》がついた。このイメージの正体《しょうたい》について。

そして僕《ぼく》は、思《おも》わず声《こえ》に出《だ》してつぶやいた。

「見《み》えた、リツキの青《あお》」と。

「おーい、悠人《はると》お！」

雄真《ゆうま》が僕《ぼく》の名前《なまえ》を呼《よ》ぶ。ふり返《かえ》ると、もう飛《と》びこみ台《だい》にあがっていた雄真《ゆうま》がこっちに向《む》かって手《て》をふっていた。気《き》がつけば雄真《ゆうま》の後《うし》ろに広《ひろ》がる空《そら》は深《ふか》い紫色《むらさきいろ》に変《か》わっていて、その中《なか》をたくさんのアキアカネが舞《ま》っている。僕《ぼく》は雄真《ゆうま》に手《て》をふり返《かえ》すと、飛《と》びこみ台《だい》に向《む》かって足早《あしばや》に進《すす》んでいった。

僕《ぼく》たちが過《す》ごした青《あお》い季節《きせつ》が今《いま》、ゆっくりと移《うつ》り変《か》わろうとしていた。

（おわり）

著者

衛藤 圭（えとう・けい）

1985年9月19日、北海道生まれ。東海大学海洋学部卒業。子どもの頃から本が好きで、大学4年で小説家を志し、アルバイトのかたわら執筆活動を続ける。本作で第3回朝日学生新聞社児童文学賞を受賞する。

表紙・さし絵

片桐 満夕（かたぎり・まゆ）

5月17日、東京都生まれ。日本デザイン専門学校グラフィックデザイン科卒業。トレーディングカード制作会社を退職後、2008年からイラストレーターとして活動。

僕たちのブルーラリー

2012年10月31日初版第1刷発行

著　　者　衛藤 圭
発 行 者　吉田 由紀
発 行 所　朝日学生新聞社
〒104-8433　東京都中央区築地5-3-2 朝日新聞社新館9階
電話　03-3545-5227（販売部）
03-3545-5436（出版部）
www.asagaku.jp（朝日学生新聞社の出版案内など）

印 刷 所　株式会社 シナノ パブリッシング プレス
編　　集　渡辺 真理子
D T P　水上 美樹
編集協力　中塚　慧（朝日小学生新聞編集部）

ISBN 978-4-904826-76-8

朝日学生新聞社児童文学賞　第3回受賞作
朝日小学生新聞 2012年6月〜8月の連載を再構成しました。